MAN

CW01499664

Titre original :
Genkô Zeromai Nikki
© Yôko Ogawa, 2010
First published in Japan in 2015 by Shueisha Inc., Tokyo
French translation rights arranged with Yôko Ogawa
through Japan Foreign-Rights Centre

© ACTES SUD, 2011
pour la traduction française
ISBN 978-2-330-10953-0

YÔKO OGAWA

MANUSCRIT ZÉRO

traduit du japonais
par Rose-Marie Makino-Fayolle

BABEL

Un jour de septembre (vendredi)

Après une visite à l'Institut de recherches sur les rayons cosmiques afin de me documenter pour écrire un nouveau roman, j'ai passé la nuit aux sources thermales F.

Le taxi roulait en s'enfonçant de plus en plus dans la montagne et j'avais l'impression que cela ne finirait jamais. Nous ne croisions pratiquement aucun véhicule, les vitres de chaque côté de la voiture ne reflétaient que de gros arbres serrés se chevauchant, et lorsque brusquement je croyais apercevoir entre les troncs un lac de barrage, un pâturage des ours ou une ferme piscicole, tout cela disparaissait instantanément derrière la forêt. Le petit morceau de ciel qui se découpait entre les pics était trouble et gris.

"A l'époque du rougeoiement des feuilles, ici aussi ça doit être animé, n'est-ce pas ?

— Non, pas tant que ça."

Taciturne, le chauffeur s'exprimait brièvement.

"Ici, on est à environ mille cinq cents mètres d'altitude ?

— Non, pas tant que ça.

— Ça va prendre encore un certain temps ?

— Non, pas tant que ça."

J'ai gardé le silence, après il n'est plus resté que le déclic régulier du compteur.

Lorsque j'ai enfin aperçu le panneau indiquant les sources thermales F, le soleil était déjà assez bas dans le ciel. Le panneau se dressait majestueusement, beaucoup plus haut que ceux de signalisation. Un sanglier sur trois pattes aux naseaux dilatés montrait du sabot d'une patte avant la direction des sources thermales F. Des traces de rouille allant de son entrecuisse vers le dessous de sa patte étaient un peu dérangeantes. Suivant la direction montrée par le sanglier, le taxi a tourné sur la nationale, traversé un pont et continué sur un chemin gravillonné.

L'auberge s'accrochait là, paraissant contrainte de s'arc-bouter sur l'éboulis de roches nues qui se bousculaient le long de la rivière. Dans la cour qui n'était pas entretenue avec beaucoup de soin fleurissaient des lespédèzes et des patrinias dont les feuilles mortes encombraient la porte coulissante de l'entrée sur laquelle j'ai remarqué un papillon de nuit aux motifs magnifiques et fascinants.

"Merci d'être venue de si loin."

Je fus surprise d'être accueillie par une femme aussi jeune. Mais elle ne donnait pas l'impression de faire un travail temporaire, sa manière de se comporter avait la dignité d'une responsable habituée à frayer avec le monde. En simple chemisier et jupe plissée, elle portait des socquettes. Etait-ce la couleur symbolique de l'auberge ? L'ensemble chemisier, jupe et socquettes était du même vert foncé.

J'ai pensé avoir déjà vu ce visage quelque part. Il ressemblait beaucoup à celui de quelqu'un dont je n'aurais pas été particulièrement proche, dont je n'aurais même pas su le nom mais dont je n'aurais connu que le visage.

"Suivez-moi, je vous prie."

La femme, mon boston bag à la main, m'a précédée dans le long couloir. Il était sinueux et interrompu par plusieurs volées de marches. Il descendait de deux degrés, remontait de cinq, redescendait de huit, remontait de trois, et remontait encore de six avant de descendre de dix. L'existence de ces différences de niveaux trahissait toute la peine qu'on avait eue à construire l'auberge en utilisant au maximum un terrain qui ne présentait pratiquement aucune surface plane.

La femme avançait comme s'il n'y avait jamais eu de telles dénivellations. Alors que pour les suivre son corps bougeait de haut en bas, pour une raison inconnue son bras à partir de l'épaule traçait une ligne droite. Mon sac qui contenait la documentation de l'Institut de recherches sur les rayons cosmiques pesait assez lourd, mais elle ne paraissait pas y attacher d'importance, et prenant comme point d'appui ses genoux légèrement fléchis, faisait glisser son corps vers l'avant à vitesse constante. Comme si elle se trouvait à bord d'un véhicule du futur, ai-je même pensé. Je faisais de mon mieux pour la suivre sans me laisser distancer, et j'ai fini par oublier que j'avais cru en la voyant qu'elle me rappelait quelqu'un.

Toutes les portes des pièces qui se succédaient sur le côté gauche du couloir étaient fermées, tandis que de l'autre côté, à travers les baies vitrées qui s'ouvraient au ras du sol, on voyait le lit de la rivière. Le plafond du couloir était bas, le sol couvert d'un tapis de fourrure marron. La couleur s'harmonisait agréablement avec le vert foncé des socquettes.

"C'est de la fourrure de sanglier", me dit la femme avec un à-propos merveilleux comme si elle avait lu dans mes pensées.

La chambre dans laquelle elle me fit entrer était une simple pièce traditionnelle de dix tatamis. La paille des nattes était froide et humide sous les pieds.

"A quelle heure souhaitez-vous dîner ?

— Sept heures et demie, s'il vous plaît.

— C'est entendu.

— D'ici là, je vais aller me promener un peu dans les environs.

— Dans ce cas, le sentier du murmure le long de la rivière me semble tout indiqué."

Suivant le conseil de la femme, ayant revêtu un yukata après m'être baignée à la source chaude, j'ai emprunté les sandales de l'auberge pour aller marcher sur le sentier. La quantité d'eau était importante, trop par rapport à la sérénité du mot murmure, la rivière coulait assez rapidement, soulevant des vagues blanches au contact des rochers ou des troncs d'arbres. Le vent dont le bruit se mêlait à celui de l'eau formait des tourbillons et se répercutait jusqu'au fond de la montagne. Seule la roche à nu qui recevait le soleil de l'ouest brillait, lisse, tandis que sur l'autre versant de la montagne, la bordure du ciel et les vapeurs d'eau thermale qui s'élevaient ici ou là étaient sur le point d'être englouties par les couleurs du soir.

J'essayai de marcher vers l'amont sur le sentier plein de cailloux. Puisqu'il n'y avait qu'un seul chemin, je ne risquais pas de me perdre, mais déambuler dans un endroit inconnu en sandales et kimono de cotonnade était beaucoup moins rassurant que je ne l'avais pensé, et je me retournais de temps à autre pour vérifier où se trouvait l'auberge. Le toit que j'apercevais à travers les cimes des mélèzes rapetissait peu à peu en changeant de forme. Et dans le même temps, les miscanthes se rapprochaient de chaque côté de moi, envahissant progressivement le chemin jusqu'à ce que bientôt je ne puisse plus avancer d'un pas sans écarter à deux mains les épis et piétiner les tiges. Le bord de mon yukata était mal ajusté et mes manches se relevaient, si bien que mes mollets et mes avant-bras égratignés par les épis des miscanthes me picotaient. En regardant mieux, j'ai vu des éraflures qui dessinaient en rouge des motifs un peu partout sur ma peau. Qui ressemblaient beaucoup à ceux du papillon de nuit collé à l'entrée de l'auberge. Je me retournai mais ne vis plus le toit de l'auberge.

Le sentier avait-il fait une courbe sans que je m'en aperçoive ? Le grondement du torrent s'était éloigné, tandis que le sol jusqu'alors caillouteux était devenu souple. Levant les yeux, j'ai soudain vu se dresser des bouleaux derrière les miscanthes et, sur le coup, j'ai instinctivement porté les mains à ma poitrine pour calmer les battements de mon cœur avant de resserrer la ceinture de mon yukata.

Deux bouleaux à distance modérée l'un de l'autre dressaient leur tronc bien droit vers le ciel. La hauteur, oui, mais aussi la grosseur du tronc, les branchages, jusqu'au contour en forme de triangle isocèle des feuilles vert pâle, tout était parfaitement symétrique au point qu'il n'était pas possible de les différencier. Le soleil couchant éclairait justement leur cime et les feuilles ondoyant au vent étaient étincelantes. Les miscanthes jusqu'alors si tristes étaient les seules à pousser autour en inclinant délicatement la tête.

Je me suis frayé un passage entre les bouleaux comme si je me glissais sous un portique. La sensation de la terre sous mes sandales devenait de plus en plus souple.

D'une manière inattendue s'ouvrait là un espace. J'eus la certitude que le sentier du murmure s'arrêtait à cet endroit. Sorbiers dont les feuilles n'avaient pas encore rougi, érables, racines de rhododendrons boursouflant la terre, muret de pierre à moitié croulant, petit sanctuaire, divinité tutélaire du bord des routes, petits ou gros rochers de toutes formes. Tout ce qui se trouvait ici était couvert de mousse.

Le soleil couchant qui éclairait les bouleaux s'était caché, la pénombre régnait alentour, il n'y avait pas de vent et l'air froid qui montait des mousses venait s'enrouler autour de mes chevilles. Tout était immobile. De la moindre feuille morte au plus petit creux de rocher, tout ce qui avait échoué là était enveloppé, embrassé, encerclé par les mousses. Privé de contour, ayant tout perdu de sa forme d'origine, tout avait un aspect vaguement arrondi. Le vert qui rampait sur la terre en changeant de nuances en toute liberté semblait épier en retenant son souffle à la recherche d'un endroit ayant échappé à son emprise.

Quiconque devant ce spectacle aurait-il pu ne pas avoir envie d'y poser les pieds ? J'ai avancé doucement. Il ne fallait surtout pas être brutal. Il en émanait une sensation de fragilité. Ambiguïté de ce qui n'était ni fleurs ni arbres, courage de ces petites choses essayant de continuer à vivre en se serrant l'une contre l'autre et en se portant mutuellement secours, leur aspect doux et désarmé, et pourtant leur esprit d'érosion impitoyable. Tout cela me rendait prudente.

Concentrée sur l'écart entre mes orteils, réglant le poids de mon corps, j'ai avancé d'un ou deux pas. Le sentiment de marcher là où je n'aurais pas dû se transmettait peu à peu à mes plantes de pied. Je me suis retournée, et j'ai été soulagée de voir que mes traces de pas n'avaient pas fait trop de dégâts. Les mousses avaient toujours la même innocence.

Au moment où mes yeux s'étaient un peu habitués, je me suis enfin aperçue de la présence d'une maison basse en bois de l'autre côté du muret. S'agissait-il au départ d'une charbonnière ou d'une simple remise ? C'était une modeste construction, dont les planches par endroits étaient tordues, à moitié pourries et bien sûr moussues. Seules les plaques de cuivre sur le toit étaient couvertes de vert-de-gris en harmonie avec le milieu au point que l'on ne pouvait pratiquement pas les distinguer des mousses.

"Restaurant spécialisé dans la préparation des mousses", était-il écrit sur un panneau. Au milieu de ce petit panneau écaillé, fendillé et couvert de mousses, curieusement, les six caractères chinois ressortaient d'une manière parfaitement lisible. Mais peut-être qu'ils avaient été tracés avec des mousses justement.

"Vous êtes la bienvenue."

L'entrée qui fermait mal s'était ouverte en produisant un son proche d'un bourdonnement d'oreilles et, surprise, j'ai reculé d'un pas.

"Je vous attendais."

Une vieille dame s'inclinait profondément devant moi.

"Non, je ne faisais que passer...

— Je vous en prie, ne soyez pas gênée.

— Eh, bah, euh...

— Les plats sont prêts.

— Non, le repas m'attend à l'auberge.

— L'auberge, c'est bien celle-là, là-bas ?"

En apercevant son visage tourné vers le sentier du murmure, j'ai reculé d'un autre pas. Parce que ce visage était exactement le même, à cinquante ans d'écart, que celui de la femme de l'auberge. Et qu'en plus elle portait le même ensemble chemisier, jupe plissée et socquettes vert foncé. La couleur se mélangeant avec celle des mousses alentour, le contour de sa silhouette était flou.

"L'endroit est lié à cette auberge, c'est un peu comme une annexe, vous n'avez aucune inquiétude à avoir. Que vous mangiez ici ou là-bas, c'est la même chose."

Pendant cet échange, je me retrouvai bientôt, ayant laissé mes sandales à l'entrée, guidée vers la salle. C'était une belle pièce, disproportionnée par rapport à l'aspect extérieur, où je remarquai une balustrade en boiserie délicatement ajourée, un rouleau peint qui paraissait illustre et un pilier d'alcôve décorative tout brillant d'avoir été frotté. Elle faisait plusieurs fois la taille de ma chambre à l'auberge, les quatre coins disparaissaient dans la pénombre, au centre on avait déjà préparé une table basse, une chaise sans pieds avec des accoudoirs et un coussin plat. Bien calée sur ce coussin trop gros, la fatigue consécutive à ma visite de l'Institut de recherches sur les rayons cosmiques déferlant d'un coup, je me suis dit que même s'il s'agissait de cuisine à laquelle je n'étais pas habituée, ce ne serait sans doute pas mal de manger en cet endroit.

C'est la vieille dame qui s'est chargée de tout pour me recevoir. Le repas a commencé par un apéritif à base d'eau de sphaignes. La gorgée qu'elle avait versée dans un verre à liqueur était presque transparente, mais si on l'agitait, un petit fragment remontait du fond.

"Qu'elles poussent à cet endroit, c'est la preuve que l'eau est pure.

— Comme l'indique leur nom.

— Oui, cette espèce n'est pas aussi rare qu'on le pense. Sa couleur est légèrement diluée. Sa forme ressemble aussi à celle des algues. Si vous voulez, tenez."

La vieille dame me tendait une boîte de Petri et une loupe.

"En observant l'original avec ça, je crois que la préparation vous paraîtra encore plus savoureuse."

Suivant ses indications, j'ai regardé le contenu de la boîte de Petri à travers la lentille. La loupe qui grossissait dix fois tenait dans une main et avait été beaucoup utilisée, car la poignée était imprégnée de sébum.

"Portez la loupe à votre œil et approchez-vous des mousses, oui, sans hésiter.

— Ah, on voit bien."

Ce que je prenais pour de simples mousses apparaissait derrière la lentille sous un jour nouveau. Je ne savais pas s'il fallait les appeler des tiges ou des feuilles, mais en tout cas elles étaient formées de différentes parties dont la complexité ne convenait absolument pas à la sèche appellation de mousse. Courbes entrelacées, surfaces transparentes, petits sacs miniatures, excroissances, opercules, poudres, poils. Tout cela regroupé en continu était allongé sur le fond de la boîte de Petri. Elles avaient l'air tout juste cueillies, et l'on pouvait constater que la fraîcheur était partout, jusqu'à leur moindre extrémité. Par endroits se cachaient des gouttelettes d'eau, qui tremblaient doucement au rythme de ma respiration. Et ces gouttes d'eau reflétaient la couleur des mousses.

J'ai éloigné mes yeux de la loupe et j'ai bu une gorgée d'apéritif.

La vieille dame avait une manière de servir merveilleuse. Bien sûr, elle apportait les plats juste au bon moment, ses explications concernant les mousses étaient exactes et concises, elle ne plaisantait ni ne relâchait son attention, elle ne se hâtait pas en prévoyant la suite, et tout en se tenant dans un coin de mon champ de vision, se comportait exactement comme si elle n'était pas là. Ce qui m'a le plus émerveillée, c'est sa façon de marcher quand elle se déplaçait avec le plateau, sans qu'il n'y ait de chocs de vaisselle. Ses socquettes vert foncé glissaient sans bruit sur les tatamis comme de petites créatures autonomes. Bref, elle était la copie conforme de la femme de l'auberge. Et si les mousses avaient pu se déplacer, elles auraient certainement eu la même démarche qu'elles.

Glyphomitrium humillimum fumé, *Bryum argenteum* au miso vinaigré, *Trichocolea tomentella* à l'étuvée, *Conocephalum supradecompositum* mijoté, bol de *Bartramia pomiformis*, beignets de *Polytrichum commune*… Les plats se succédaient. Tous bien présentés dans des récipients de qualité. Tous accompagnés d'une boîte de Petri. Je regardais à travers la loupe, je mangeais, et j'observais à nouveau à la loupe.

Pour le goût, je ne pouvais pas juger correctement. Il ne rentrait pas dans les critères permettant de dire si c'était bon ou mauvais. Le miso vinaigré avait goût de miso vinaigré, les beignets avaient goût de beignet, et les mousses elles-mêmes, en retrait, ne cherchaient pas à se faire remarquer. Ce n'est que lorsque je les traquais avec ma langue pour les exhorter à se montrer sans crainte que leur goût ressortait enfin. Mais c'était pour disparaître aussitôt, si bien que je devais rester vigilante.

Le spectacle à travers la loupe était complètement différent selon les mousses. Si certaines étaient charmantes, comme si elles venaient tout juste de s'extraire des spores, d'autres, plusieurs archégones alignés, ouvraient leur bouche au maximum. Poisseuses comme du papier huilé, vaporeuses comme des plumes, humides comme de la gelée, il n'y avait aucune limite aux qualificatifs. Champignons se cachant discrètement à l'ombre de sporophytes, petits insectes se débattant pour essayer de fuir leur emprise, les corps étrangers qu'elles abritaient étaient également distrayants.

Comme l'avait dit la vieille dame, cette méthode qui consistait à manger les mousses après les avoir observées stimulait peu à peu l'appétit. Au fur et à mesure, les rôles de la langue, du nez et des yeux se mêlaient, se confondaient, et les sensations particulières uniquement nécessaires à manger les mousses naissaient à l'intérieur du corps.

"Il existe beaucoup de restaurants spécialisés dans les mousses par ici ?

— Non. Peut-être deux ou trois qui offrent des imitations, mais pour les vraies, il n'y a qu'ici.

— Des imitations ?

— Ils donnent l'aspect de mousses à des algues vertes, des fougères ou des méduses. Ou augmentent leur quantité avec un mélange d'algues en utilisant des colorants pour leur donner le même aspect. C'est on ne peut plus regrettable.

— Quels sont donc les avantages à utiliser des imitations ?

— Eh bien, pour que les véritables mousses soient mangeables, il faut une technique de préparation secrète. On ne peut les ramasser au hasard dans le but de les cuisiner. Ceux qui touchent aux mousses sans avoir assez d'expérience ont tôt fait d'aboutir à une impasse et se fourvoient dans le camouflage. Mais bah, ceux-là ne tardent pas à faire faillite.

— Et ici, ça fait combien d'années que ça a été créé ?

— En fait, on ne sait pas trop. On dit que c'est à partir du moment où les mousses ont commencé à pousser en ce lieu."

La vieille dame a pris l'assiette de beignets et la boîte de Petri contenant le *Polytrichum commune* avant de s'en aller.

La pénombre aux quatre coins s'étendait progressivement, je n'arrivais déjà plus à distinguer la balustrade, le rouleau peint ni le pilier de l'alcôve décorative, seul le dessus de la table était éclairé par l'ampoule à incandescence. Au milieu des débris de mousses, des taches de sauce, de bouillon ou de beignets éparpillées un peu partout sans savoir-vivre, seule la loupe gardait une attitude résolue, dans l'attente de la boîte de Petri suivante. N'y avait-il aucun autre client ? Lorsque la vieille dame s'en allait, on n'entendait plus aucun bruit. Je n'en avais sans doute pas mangé une grosse quantité, mais je sentais les mousses imprégnées de liquide gastrique se mettre à gonfler au niveau de mon estomac. Je me suis frotté le ventre et j'ai relâché la ceinture de mon yukata en pensant que c'était sans doute ainsi que les mousses se reproduisaient au fond de la forêt dans le soleil couchant après l'averse.

Le plat principal est arrivé en dernier.

"*Tetraplodon mnioides* cuit sur la pierre."

Couvrant la voix de la vieille dame, la graisse grésillant sur une pierre plate apportait une animation qui n'avait pas existé pour les autres plats.

"Celles-ci poussent sur des endroits un peu bizarres.

— Bizarres, qu'entendez-vous par là ?…

— Les cadavres d'animaux.

— Oh.

— Aujourd'hui, il s'agit d'un sanglier."

La vieille dame, tête baissée, se tenait derrière moi dans la pénombre, là où la lumière de la lampe n'arrivait pas. J'ai pris la loupe. J'étais tout à fait habituée à son maniement et je pouvais faire la mise au point d'un seul coup, sans passer par des mouvements inutiles.

Le *Tetraplodon mnioides* était prélevé dans l'état où il poussait sur le cadavre. Etait-ce le dos, la cuisse ou l'entrejambe ? Je me demandais de quelle partie on l'avait extrait. La boîte de Petri était teintée de sang, et les mousses ressortaient sur cette couleur rouge. La chair, la graisse, la peau, les poils, l'aspect tuméfié de la section et le bout des poils enchevêtrés du sanglier ressortaient distinctement à travers la loupe. Et sur ce morceau de viande poussait le *Tetraplodon mnioides*. Les fines capsules qui se dressaient tremblaient, frêles et inquiètes, et pourtant leurs racines s'étendaient solidement sur le cadavre. Elles composaient avec la moindre irrégularité de surface, sans précipitation, les capsules serrées l'une contre l'autre comblant le moindre interstice. J'avais beau chercher, elles n'avaient rien oublié. Et pendant ce temps-là, la grillade brasillait sur la pierre en dégageant de la fumée et une odeur de cadavre brûlé.

Je me suis rappelé le sanglier qui indiquait la direction des sources thermales F. J'imaginais sa silhouette, alors que fatigué d'être dressé sur ses sabots, un certain dégoût peint sur son sourire affable, il tombait à la renverse. A peine son cœur cessait-il de battre, son sang étant encore chaud, que la première spore arrivait. Se posant à la base d'un poil marron foncé, elle déployait son protonema en se fiant à la tiédeur qui restait sur la peau. Des spores amies arrivaient en voltigeant comme si elles échangeaient des signaux secrets pour s'entraider. Les protonemata germaient, la silhouette d'une mousse apparaissait bientôt, qui commençait à recouvrir le cadavre. A ce moment-là, la chaleur avait déjà complètement disparu, les vers avaient commencé leur travail, les viscères étaient entrés en putréfaction, mais les mousses n'en étaient pas troublées. Elles continuaient en silence à remplir leur mission.

Au fond de la forêt où l'homme ne mettait jamais les pieds, un sanglier qui s'était éloigné de la harde mourait. Seules les mousses se rassemblaient près de cette mort que personne n'était censé accompagner. Les mousses recouvraient le cadavre du sanglier d'une moelleuse couverture d'un vert profond.

"Allons, je vous en prie, mangez pendant que c'est chaud", me dit la vieille dame dans la pénombre.

Il était un peu plus de vingt heures lorsque je suis revenue à l'auberge. A l'aller, j'avais eu l'impression d'avoir beaucoup marché, mais au retour, j'ai vu presque tout de suite les lumières de l'auberge. Le restaurant spécialisé dans la préparation des mousses avait dû la prévenir, car je n'eus rien besoin d'expliquer, la femme avait l'air tout à fait au courant. Et le futon était déjà installé dans la chambre.

J'avais emprunté à la femme un petit poste de radio, et je me suis couchée à plat ventre sur le futon. Dernière rencontre avec les Kyojin au Kôshien. Il fallait absolument qu'on gagne ce match. La fois précédente au Tôkyô Dôme, on avait perdu les trois matchs de la série, et l'issue était assez incertaine.

Je l'ai allumé et j'ai tourné le bouton pour trouver la station. A la maison, avec Sun-TV j'aurais pu les encourager, mais je n'y pouvais rien. Moi qui voyageais rarement, je ne sais pourquoi, j'étais souvent absente les jours où il y avait des rencontres importantes, et la fois précédente, le soir même où avait lieu le premier match de la série du Japon avec Lotte, je m'étais retrouvée bloquée au fin fond des montagnes de Minoo et les Hanshin avaient fini par essuyer quatre défaites consécutives.

J'avais vérifié à l'avance que les stations locales retransmettaient bien le base-ball. Je tournais donc le bouton à la recherche d'une station. Depuis que je l'avais allumé, le petit poste ne cessait de grésiller. Que je tourne le bouton vers la droite ou vers la gauche, le grésillement devenait plus fort ou plus faible, il ondulait ou s'interrompait, mais je n'arrivais pas à capter de voix humaine. Je tendis l'oreille. Un coup de circuit de Kanemoto, une sortie de batteur par Fujikawa, les exclamations du speaker, les acclamations des spectateurs, j'attendais patiemment de pouvoir entendre tous ces bruits familiers. J'ai changé l'orientation du poste, ouvert la fenêtre, essayé de le secouer, d'en enlever la poussière, de souffler dessus, j'ai fait tout ce qui me venait à l'esprit, mais cela n'a rien changé.

C'est à cause des rayons cosmiques, ai-je pensé soudain.

Il s'en déverse continuellement sur la terre en provenance du cosmos. Ne m'avait-on pas dit justement ce jour-là à l'Institut de recherches que rien que pour les neutrinos, en une seconde il s'en déverse l'équivalent de six mille milliards sur la paume de la main ? Dans cet univers, ma présence ne pouvait qu'être gênante et envahissante. C'était vague et je ne pouvais pas les voir, mais en réalité cent millions, mille milliards, cent fois cent millions de particules arrivaient sans arrêt. A une vitesse merveilleuse, traçant des droites parfaites dont l'homme était incapable, ces particules me traversaient.

Comment pouvais-je croire que j'avais six mille milliards de quelque chose d'inconnu sur ma paume ? Elle était si petite. Si je mourais au fond des bois, le nombre de spores des mousses recouvrant ma paume atteindrait-il six mille milliards ? Les rayons cosmiques recouvriraient-ils mon cadavre pour mieux pleurer ma mort ?

C'est le bruit des rayons cosmiques se déversant sur la coupole métallique du stade de base-ball du Kôshien. Je lâche le bouton et le bruit gagne en intensité. Je renonce, abandonne le petit poste de radio et me renverse sur le dos de tout mon long. Les pans du yukata en désordre ne couvrent plus mes bras ni mes jambes. Les motifs de papillon de nuit sur mes avant-bras et mes mollets ont disparu sans que je m'en aperçoive. C'est ainsi que je plonge dans le sommeil.

(Manuscrit zéro)

Le lendemain (samedi)

Dans le journal du matin j'apprends la défaite des Hanshin. 4 à 6.

A la réception je demande ma note. La femme porte la même tenue occidentale que la veille.

"Ah !" je m'exclame au moment où je sors des billets de mon porte-monnaie : "Mes ongles ont pris la couleur des mousses.

— C'est bien la preuve que vous avez dégusté de véritables mousses", remarque la femme dont le visage paraît rajeuni de cinquante ans en une soirée.

A l'aéroport M je prends l'avion à hélices qui me ramène à la maison.

(Manuscrit zéro)

Un jour d'octobre (mardi)

Au sujet de mes souvenirs de la maison où je vivais enfant, je suis interviewée par un journaliste pour un magazine. Je me raconte avec passion. Quelqu'un veut bien me poser des questions, quelqu'un a envie de m'entendre parler, cela m'exalte et je ne cesse de bavarder pour répondre à l'attente de la personne qui se trouve au bout de mon regard.

"Le long de l'entrée, il y avait un puits comblé et en plein milieu poussait un figuier. Il ne recevait pas beaucoup le soleil et personne ne semblait l'entretenir, mais chaque année à la fin des vacances d'été, il donnait des fruits au point que l'odeur en était écœurante. Le plus curieux, c'est que lorsqu'on en détachait le pédoncule, il en suintait une sève couleur de lait, si blanche que ça n'allait pas du tout avec l'idée que l'on se fait d'un végétal. Je me disais : Ah, c'est peut-être parce qu'un bébé est tombé au fond du puits et qu'il réclame le lait de sa maman ? Et dans ma tête je voyais les fesses d'un bébé rebondies par les couches en train de chuter vers le fond obscur, ensuite j'entendais les cris de la maman et le gros plouf de quelque chose qui arrive dans l'eau. Le bruit qui semblait venir du bout du monde était en même temps cristallin. L'instant suivant, à partir de l'origine de ce puits m'est venue une histoire continue qui englobait la structure de toute la famille qui avait vécu ici autrefois. Au fur et à mesure que je racontais cette histoire à mes amis, ce n'était plus un simple récit imaginaire, cela se transformait insensiblement en histoire véritablement arrivée à ma famille, le bébé qui changeait de nature devenait moi, et quand j'en arrivais là, plus personne ne me croyait et je me retrouvais finalement avec mon petit frère comme seul interlocuteur. Ecoute-moi bien, c'est toi qui es tombé dans le puits, c'est moi qui t'ai poussé, moi ta sœur aînée. Pour pas qu'on te trouve je l'ai comblé avec de la terre, et pour pas que ça se voie j'ai planté un figuier. C'est pourquoi en fait tu ne devrais pas te trouver là. Quand je lui disais cela, mon petit frère se mettait à pleurer et ses larmes étaient si grosses qu'elles me donnaient l'illusion que ses yeux noirs allaient choir. Aujourd'hui encore, le fruit que j'aime le plus au monde, c'est la figue…"

"… La maison de construction ancienne avait une vaste entrée de terre battue. Mon père y élevait des petits oiseaux. Perruches ondulées, moineaux de Java, bengalis, bah, des espèces qu'on trouve partout. A l'intérieur des cages empilées l'une sur l'autre le long du mur ils gazouillaient de très jolie manière et mon père s'en occupait avec beaucoup d'assiduité. Mais malheureusement je n'ai jamais réussi à aimer les petits oiseaux : il avait beau poser un moineau de Java sur sa paume, je n'arrivais pas à le toucher. Les yeux qui roulaient sans cesse affairés, leur allure lorsqu'ils penchaient la tête comme s'ils feignaient l'ignorance, leurs pattes fragiles à première vue mais plutôt rugueuses et grotesques, tout me portait à la prudence. Certainement qu'ils attendaient le moment propice pour percer mes pupilles avec leur bec. Ce serait mon châtiment pour avoir fait pleurer mon petit frère.

A ce moment précis mes pupilles auraient dû fondre en grosses larmes qui auraient roulé sur mes joues. C'est alors qu'un garçon de ma classe est venu me demander, un peu gêné, si nous ne voulions pas lui céder un moineau de Java. Mon père a accepté avec joie et dans son enthousiasme il a choisi celui qui était le plus intelligent et avait la meilleure santé. En remerciement, le garçon m'a offert la *Biographie de Mme Curie*, un volume des *Grands personnages du monde entier*. A l'époque je me passionnais pour cette série qui commençait par Washington et se terminait avec Anne Frank, et puisque bien sûr nous n'avions pas les moyens de dépenser de l'argent pour cela, j'en empruntais un volume par semaine à la bibliothèque de l'école. Joie de lire les volumes l'un après l'autre, tristesse de voir la série diminuer volume après volume. Mon cœur était pris entre les deux. Le volume de Mme Curie était celui que j'avais justement prévu d'emprunter la semaine suivante. Et maintenant, ce volume m'appartenait en propre. N'était-ce pas un dénouement merveilleux ? En plus, c'étaient les petits oiseaux qui m'avaient valu cela alors qu'ils auraient dû me donner un châtiment. Oubliant jusqu'à la peur d'avoir les pupilles percées, j'avais envie de frotter ma joue contre leur tête. Et la chance a continué. J'ai écrit mes impressions intitulées *Lecture de la biographie de Mme Curie* et j'ai reçu le prix du préfet de la région. Toute la famille sur son trente et un a fait le voyage jusqu'à la préfecture. Un ruban dans les cheveux, des socquettes bordées de dentelle achetées pour l'occasion, j'étais très fière. J'ai même été photographiée aux côtés du préfet. En rentrant à la maison, avec un tube noir contenant mon diplôme et un bouclier emballé dans un foulard, qui a le premier découvert les oiseaux morts dans l'entrée ?

Il est probable que ce fut mon père. En tout cas plus aucun ne respirait. Alors qu'au moment de partir ils étaient tous en pleine forme, il avait suffi d'une demi-journée pour qu'ils s'écroulent dans un battement d'ailes. Ils avaient dû souffrir, car la terre battue était jonchée de plumes et de lambeaux du papier journal qui tapissait leur nid. Leurs yeux grands ouverts regardaient fixement un point au loin sans vouloir bouger. Seuls les plumes et les lambeaux de papier journal voltigeaient légèrement. Quelle en était la cause ? Sans doute une maladie infectieuse. Mais moi je savais. Ils n'avaient pas pu supporter de m'avoir apporté de la joie au lieu de me punir. Il s'agissait d'un suicide de protestation. Sans aucun doute. Après les oiseaux, mon père dans l'entrée de terre battue a élevé des poissons tropicaux, des hamsters, des caméléons, des petits écureuils volants momonga, des hermines d'été okojo, et quiconque pouvait toujours lui en demander, il n'en a plus jamais offert…"

"… Tout de suite à gauche dans l'entrée se trouvait le salon de couture de ma mère, et de la machine à tricoter Jaguar ou à coudre Brother, il y en avait toujours une des deux qui marchait…"

Je bavarde déjà depuis longtemps, la conversation n'avance pas, et au bout d'une petite heure je suis toujours bloquée dans l'entrée.

"Euh, je suis désolé de vous interrompre."

Je lève la tête brusquement et je découvre le rédacteur censé écouter depuis un moment mon histoire avec avidité, qui l'air fatigué et embarrassé se trémousse sur sa chaise, manifestement mal à l'aise.

"Si c'était possible, pourriez-vous me dessiner ici le plan de votre maison ? Je pense que cela vous permettrait peut-être de rassembler vos idées…"

Il me tend une feuille de papier quadrillé.

"Mais oui, bien sûr, c'est tout à fait possible."

Un crayon à la main, tout en me demandant par où commencer sur ce quadrillage blanc, je dessine d'abord le figuier en bas à gauche puis la porte d'entrée et les volières.

"Euh, à côté du salon de couture il y avait la salle de séjour, on descendait une marche pour accéder à la cuisine, derrière la fenêtre de la salle à manger se découpait la silhouette du jardinier, le long de l'entrée de service, le bureau de mon petit frère…"

Me fiant à ma mémoire, je trace des lignes droites, ferme des carrés, me trompe et gomme avant de tirer de nouveaux traits. Mais je ne sais pourquoi, les cages des oiseaux sont plus grandes que la salle de séjour, la salle à manger entourée d'autres pièces n'a pas d'entrée, rien ne va comme je le souhaite.

"C'est bizarre, euh, attendez un instant je vous prie."

La pièce du téléphone, le salon pour les invités, la galerie extérieure, le débarras, la cave, j'ai encore beaucoup de pièces à dessiner, mais la feuille quadrillée ne suffit plus. Le rédacteur sans rien dire en ajoute de nouvelles qu'il colle avec du ruban adhésif. La mine de mon crayon se prend dedans tandis que je continue à tracer mes carrés. Plus je m'approche de la bordure du papier, moins j'ai les moyens de rectifier la distorsion de l'échelle de réduction, et j'ai beau fixer la longueur le plus soigneusement du monde, lorsque je me retourne pour évaluer la situation, je vois que tout se précipite vers le chaos. La galerie extérieure traverse le papier quadrillé comme une piste, le sous-sol est aussi vaste qu'un gymnase, et les volières occupent un espace toujours plus grand que n'importe quelle autre pièce. Par contrecoup, la cuisine, la salle de séjour et la salle à manger ont été repoussées vers le fond humide et obscur de la maison, où toute la famille désœuvrée est reléguée. Seul le gazouillis des petits oiseaux retentit à tout va.

"Vous m'excuserez, n'est-ce pas, de vous faire attendre.

— Tout va bien, rassurez-vous. Prenez votre temps pour dessiner… Avez-vous assez de papier ?

— Oui. Je vous remercie, ne vous inquiétez pas."

Le journaliste qui arrange les feuilles dans un froissement les relie habilement l'une à l'autre avec le ruban adhésif. Sans troubler le rythme d'extension du plan, avec un à-propos admirable, les feuilles se déploient vers une direction juste. Nous sommes absorbés en plein travail comme un couple ayant accumulé de longues années de pratique.

Chambre, lavabo, garde-manger, bibliothèque, jardin…

"Encore un peu de patience. Ça va forcément s'arrêter quelque part. Parce que la maison tient complètement dans ma tête. Puisqu'elle tient dans une aussi petite tête, elle ne doit pas être si vaste."

Je tape ma tête avec mon poing. Elle résonne d'un son sourd et sec.

Maintenant, la feuille quadrillée recouvre la totalité de la table comme une nappe flottante, et le figuier se trouve si loin qu'on ne voit même plus l'extrémité de ses rameaux. Bruits de la mine du crayon qui glisse, de la gomme qui frotte, du ruban adhésif découpé : dans le calme de la pièce, on les perçoit alternativement. Le journaliste ne dit plus un mot. Piles de revues féminines attachées par une ficelle entreposées dans le débarras, taches qui ressortent sur le tapis des chambres, fêlure du miroir de la salle de bain, champignons qui par les matins brumeux poussent à coup sûr dans le jardin intérieur. Je dessine tout cela à la suite sur les feuilles. Je n'ai déjà plus besoin de me soucier de l'échelle, je sens que désormais j'irai jusqu'au bout comme il me plaît. Je n'ai plus peur de rien.

"Ah !"

Je viens de pousser soudain un petit cri. Le journaliste, surpris, laisse tomber le rouleau de ruban adhésif.

"J'ai oublié la chambre de Mamie."

Ah, quelle bévue. Oublier ainsi la chambre de ma précieuse grand-mère. Je m'arrête, et pour revenir à l'endroit approximatif où elle se trouve, je tâtonne sur les feuilles quadrillées. Il me semble qu'elle doit se trouver au bout du couloir, derrière la salle de bain, donnant sur le jardin intérieur. Les feuilles quadrillées qui ont absorbé la poussière du bureau sont bizarrement pliées et toutes froissées. La pièce du téléphone, le salon ou la bibliothèque réapparaissent. Malgré le fait que je viens tout juste de les dessiner, elles dégagent déjà pour moi une atmosphère de nostalgie.

"Ah, oui oui, c'est ici."

J'ai trouvé l'endroit que je cherchais et j'y trace un petit carré. Là seulement l'échelle est correcte. Parce que de toute la maison c'était la pièce la plus petite, encore plus que n'importe quel placard.

Dans cette chambre, ma grand-mère vivait avec deux compagnes. Qui s'appelaient Mme Wako et Mlle Néné. Mme Wako avait le même âge que ma grand-mère, tandis que Mlle Néné était une jeune fille d'une vingtaine d'années, et à mes yeux d'enfant, ces trois femmes partageaient cet espace exigu en réussissant avec une certaine habileté à conserver un équilibre délicat.

Mais je n'utilisais ces deux noms que par facilité, et je ne connais toujours pas leur véritable nom.

De la même manière, il m'est difficile d'expliquer leur relation à elles trois par des mots simples tels que amies ou parentes, je n'aurais pu m'exprimer autrement qu'en parlant de relation très proche.

Ma grand-mère plutôt encline à la réclusion ne sortait pratiquement jamais de sa chambre, son corps diminuait à cause de son dos qui se courbait avec les années, si bien qu'elle s'adaptait encore plus à l'exiguïté de sa chambre. Je m'étais même demandé si elle n'avait pas adapté sa taille à l'espace. Elle jouait du koto, ce qui constituait pratiquement sa seule distraction, dont le son aussi réservé que son caractère était souvent étouffé comme le gazouillis des petits oiseaux. La pièce qui donnait sur le jardin intérieur mais qui n'avait qu'une minuscule ouverture sur l'extérieur, toujours plongée dans la pénombre, n'était meublée que d'un petit buffet, tandis que le koto simplement appuyé contre le mur avait une existence beaucoup plus glorieuse que le pilier de la pièce, Mme Wako ou Mlle Néné. On ne pouvait l'installer sur le sol qu'en diagonale pour éviter qu'il se cogne au buffet.

Quand je rentrais de l'école, j'allais directement dans la chambre de ma grand-mère chercher mon goûter. Elle sortait du buffet un sachet de biscuits, en déposait quelques-uns sur une serviette en papier, et me versait du thé âcre. Les friandises étaient riches en variétés : confeito, fèves grillés, beignets croustillants à la mélasse karintô, pâtes de fruit, petites prunes confites enveloppées, ankodama, algue konbu au vinaigre, bekkô-amé, araré, mais tous, relégués longtemps au fond d'un tiroir, étaient environnés de solitude. Toutes ces friandises qui avaient absorbé un maximum d'obscurité laissaient au contact des dents une impression glaçante et il en émanait une légère odeur évoquant la poussière et le moisi qui donnait au goût une profondeur inattendue. Ces friandises me plongeaient dans le ravissement. Au point que même maintenant que je suis adulte, les gâteaux que j'achète, je les laisse traîner et sans me soucier de la date limite de consommation, je ne peux les manger que lorsqu'ils ont atteint leur propre degré de maturité.

"C'est bon ?

— Oui."

Je mangeais, ma grand-mère continuait ses travaux d'aiguille tandis que Mme Wako et Mlle Néné m'épiaient, immobiles. Mme Wako complètement hébétée, Mlle Néné avec une expression sournoise ne quittaient pas ma bouche des yeux. Nous aussi on voudrait bien manger des gâteaux, on en veut, pourquoi ne nous en donnes-tu pas ? S'il te plaît, juste une bouchée… J'avais l'impression qu'elles me poursuivaient ainsi.

"Dis, Mamie, Mme Wako et Mlle Néné…

— Ça va. N'y fais pas attention, mange."

Elles pouvaient bien lui faire tous les reproches du monde, ma grand-mère ne bougeait pas. Impassible, elle se contentait de se gratter le crâne du bout de son aiguille, détortiller l'aiguillée de fil avec de la salive ou mesurer le point suivant. Le sachet de gâteaux était hermétiquement fermé par un élastique, comme si elle voulait que tout le monde comprenne bien qu'il n'était pas question que quiconque s'empare du précieux goûter de sa petite-fille.

Je glissais mon petit doigt dans le trou d'un soba-bolo, et après lui avoir fait faire deux ou trois tours, je le portais à ma bouche. Avec l'humidité qui l'avait rendu mou, il se collait sur l'arrière de mes dents, et cette sensation dérangeante m'était tellement précieuse que je faisais tout pour le garder le plus longtemps possible dans ma bouche sans l'avaler.

Même si Mamie me disait de ne pas y faire attention, ses compagnes ne me quittaient toujours pas des yeux. Elles apparaissaient devant moi à tour de rôle. N'étaient jamais là toutes les deux ensemble. Pour la saison, c'était sans conteste l'été le plus souvent, car s'il faisait froid et que ma grand-mère commençait à porter un vêtement à manches longues, elles se retiraient au fond de la pièce. Toutes les deux avaient un mauvais teint, terreux exactement comme la couleur des soba-bolo. Elles étaient osseuses et leur peau granuleuse manquait d'hydratation. Toutes les deux vivaient sous le coude droit de ma grand-mère.

Quand elle tendait le bras droit, le visage de Mme Wako apparaissait entre les multiples replis des rides. Sans aucun signe précurseur, mais distinctement, il se dressait au-dessus de la petite rondeur de son bras. Quand elle le pliait, cette fois-ci celui Mlle Néné faisait son apparition, la peau tendue sur les os. Chaque fois que ma grand-mère faisait cliqueter ses ciseaux à couture, tirait à la verticale son fil vers le haut ou plantait une épingle dans sa pelote, Mme Wako et Mlle Néné apparaissaient ou disparaissaient à un rythme trépidant.

"Hmm, je ne leur en donnerai pas."

Exprès je faisais des manières en portant un deuxième gâteau à ma bouche. Mme Wako laissait échapper un long soupir, Mlle Néné faisait claquer sa langue.

Mais soudain, je me demandais avec inquiétude si en étant méchante avec elles, je n'allais pas provoquer en retour leur méchanceté envers ma grand-mère. Si elle rapetissait avec les années, n'était-ce pas parce qu'elles lui suçaient tous ses nutriments ? Si le son du koto était aussi grêle, n'était-ce pas également à cause de cela ? Il me venait ce genre de doute. Je me précipitais pour essayer de mesurer discrètement d'un coup d'œil la taille de Mme Wako et de Mlle Néné. Alors j'étais soulagée de constater qu'elles paraissaient tout aussi recroquevillées que ma grand-mère.

Toutes les quatre, dans la petite pièce où pénétraient par la lucarne les rayons du soleil couchant, nous passions du temps ensemble chacune à sa manière. Ma grand-mère et moi épaule contre épaule, faisant en sorte de nous dissimuler derrière le koto appuyé contre le mur, Mme Wako et Mlle Néné de leur côté se partageaient à égalité un espace limité et défendaient leur territoire. Rien ne donnait l'impression que quelqu'un allait venir nous voir, et en dehors du gazouillis des oiseaux, tous les autres bruits restaient au loin. La famille n'était pas au courant du secret du coude droit de ma grand-mère, elle ne savait pas que cette petite pièce contenait plus de personnes que prévu.

"Mamie, je peux y toucher ?

— Ah, bien sûr que oui."

Jamais ma grand-mère ne m'a refusé quoi que ce soit de ce que je lui demandais. Elle s'arrêtait de coudre, avançait son bras droit sous mes yeux, le pliait ou le tendait. Je le pinçais, le caressais en cercle du bout de mes doigts. Mme Wako et Mlle Néné grimaçaient d'un air ennuyé comme si je les chatouillais. Les tavelures et la crasse qui parsemaient le coude donnaient à leur expression une nuance encore plus complexe.

Afin d'essayer de connaître les difficultés qu'elles avaient rencontrées avant d'arriver sur le coude droit de ma grand-mère, je convoquais dans mon imagination des scènes lues autrefois dans des livres. Bien sûr, là encore il y avait celle où Mme Curie, pour se protéger du froid, étudiait avec une chaise sur son dos. Les difficultés avaient donné à leur visage cette couleur de terre.

Mais maintenant tout allait bien. Avec le coude de ma mamie j'étais en sécurité. En dernier je les caressais encore une fois toutes les deux. Mme Wako et Mlle Néné étaient légèrement tièdes, et cette sensation, même après que j'avais mangé mon troisième soba-bolo, recouvrait toujours le bout de mes doigts. J'enfournais avec énergie le biscuit dans ma bouche, et sur le moment j'éprouvais l'illusion de les avoir mangées toutes les deux, alors je me dépêchais de bloquer ma gorge, mais elles étaient à nouveau blotties à l'intérieur du coude droit de ma grand-mère retournée à ses travaux d'aiguille.

Les toutes dernières années de sa vie, ma grand-mère n'a eu pour toute compagnie que Mme Wako et Mlle Néné. Un membre de la famille pouvait toujours lui adresser la parole, je pouvais toujours aller chercher mon goûter, les mots ne parvenaient pas à ses oreilles et son regard n'était fixé que sur son coude droit. Les biscuits du buffet ne pouvant plus résister à ce trop long mûrissement, le sucre qui fondait ressortait et collait au paquet, les spores de moisissures les recouvraient, ils devenaient des nids pour les petites mouches qui s'y reproduisaient. Mais j'avais l'impression que leur aspect était semblable à sa silhouette qui allait s'affaiblissant, et je ne pouvais me résoudre à les jeter.

"Alors, comment ça va ? Eh ? Oui, certainement."

Ma grand-mère parlait, s'adressant à Mme Wako et Mlle Néné.

"Ha ha ha. En effet, eh bien dites donc. Mais vous ne devriez pas vous relâcher."

Ma grand-mère riait aussi, elle boudait, s'attristait, compatissait.

"Bah, c'est dur mais on n'y peut rien. La modé-ration, c'est le mieux. Vous devriez pouvoir y arriver."

Tout le monde autour pensait qu'elle monolo-guait des mots incompréhensibles, j'étais la seule à savoir que ce n'était pas le cas. Les mots de ma grand-mère étaient aspirés par son coude droit, les voix de son coude droit n'arrivaient qu'à son oreille. Mme Wako et Mlle Néné, même repoussées vers l'intérieur du coude qui allait rétrécissant, ne disparaissaient pas, elles restaient imperturba-blement ses compagnes.

Bientôt, le son du koto dont elle jouait disparut. Il me semblait bien que, les médiators correctement fixés, elle griffait les cordes, mais aucun son n'en sortait, même le plus discret. Si on jetait alors un coup d'œil dans sa chambre, on la voyait, les fesses légèrement surélevées, son petit dos oscillant, le corps penché au-dessus du koto. En la voyant ainsi, les gens de la famille pensaient qu'elle avait oublié comment en jouer mais qu'elle ne pouvait s'empêcher de faire semblant, et ils s'en attristaient. Mais ma mamie ne jouait que pour Mme Wako et Mlle Néné. Toutes les deux, les yeux baissés, écou-taient sagement avec componction. Grâce au fait que nous étions en plein été, je voyais distincte-ment l'expression de leur visage.

Avant l'arrivée de l'automne, ma grand-mère est morte. Mme Wako et Mlle Néné avec elle.

"C'est vrai, je m'en souviens. La vieille dame du restaurant des mousses et celle de l'auberge. Elles ressemblaient à Mme Wako et Mlle Néné", je crie involontairement.

Le journaliste bras tendu vers le rouleau de ruban adhésif dont il veut s'emparer tourne vers moi un regard méfiant. Je ne veux plus rien entendre, semble-t-il vouloir me signifier, tant la sensation de lassitude qui flotte autour de lui est manifeste. Il est vrai que si je commence à parler du restaurant de mousses, ça va prendre un certain temps.

"Non, excusez-moi. Ce n'est rien. Oui, c'est fini. Pour la maison dans laquelle j'ai vécu enfant."

Tout en produisant à dessein un bruit discordant, ne se souciant pas de les déchirer ni de les érafler, le journaliste rassemble brusquement les feuilles quadrillées. Le figuier, les cages et le koto disparaissent rapidement dans les replis, aspirés par un point au loin.

"Je vous remercie infiniment", me dit le journaliste en me saluant pour la forme avant de quitter la pièce.

Tu vois, aucun être humain en ce monde n'a envie d'écouter tes histoires. Tu n'as pas à t'en vanter.

Après les interviews, ces remontrances que je me fais régulièrement, aujourd'hui encore je les prononce à voix haute.

(Manuscrit trois feuillets)

Le lendemain (mercredi)

Dans la soirée, en préparant le dîner je regarde les nouvelles régionales à la télévision. Quand commence la dernière rubrique intitulée "Jeunes pousses", je m'assois correctement devant l'écran. On y présente un bébé né ce jour-là, cela ne dure qu'une minute et je regarde en pleurant.

Les cheveux qui paraissent mouillés, les capillaires qui ressortent sur les joues, les petits grains de graisse sur le bout du nez, un bâillement sans retenue, les ongles qui ont poussé, les petites dépressions sur le dos de la main, le vêtement de naissance en gaze, la tache mongole aux chevilles, les grands yeux noirs. Chaque fois toutes ces choses-là me font verser des larmes. La casserole sur le gaz peut déborder je la laisse pour continuer à pleurer. J'essuie mes larmes à mon tablier taché d'huile et qui sent l'oignon.

Tous les enfants me donnent l'impression que je les connais bien. Fille ou garçon, prématuré qui ne fait même pas un kilo ou gros bébé de plus de quatre kilos, que la naissance ait eu lieu par les voies naturelles, par césarienne ou au forceps, il n'y a pas de différence. Tous les bébés sont les miens. Ils sont tous celui que j'ai jeté autrefois dans le puits comblé du figuier. J'ai cette impression et je pleure.

Je jette les trois feuillets écrits hier.

(Manuscrit zéro)

Un jour d'octobre (dimanche)

Je vais assister à la réunion sportive de l'école primaire L dans le quartier voisin. Cette année, j'ai conquis la crèche T, l'école primaire J, la maternelle O, et dans mon projet initial j'avais l'intention d'achever ma conquête par l'école H, mais un système de carte d'identité a brusquement été mis en place et l'accès est interdit à ceux qui ne la possèdent pas.

A l'extérieur du portail de l'école H, deux employés d'une société de surveillance et le sous-directeur. Une carte rectangulaire de dix centimètres sur sept dans un étui en plastique se balançant sur sa poitrine au bout d'un cordon bleu ciel, une personne arrive sûre d'elle. Elle bombe la poitrine comme pour faire savoir qu'elle répond authentiquement aux conditions, qu'elle est une existence correcte sans un nuage, et le menton levé, elle montre rapidement sa carte au gardien. Oui, je vois bien que vous êtes accréditée. En disant cela, le gardien baisse la tête respectueusement. La personne alors, sans essayer d'empêcher la carte de sauter encore plus haut sur sa poitrine, franchit le portail et disparaît.

J'observais la scène derrière la palissade de moellons à claire-voie. Les blocs de béton étaient froids, des fragments étaient tombés ici ou là, entre lesquels des mousses recouvraient la terre. Plusieurs familles passèrent devant moi, se dirigeant vers l'école, avec des caméras vidéo, des tapis de sol et des paniers contenant le pique-nique. Personne ne remarquait cette femme collée à la palissade ajourée en blocs de béton. J'ai baissé les yeux vers ma misérable poitrine sur laquelle ne pendait rien.

Je me demandais si je ne pouvais pas chercher une entrée secondaire ou, calculant mon coup, me mêler à un groupe, ou encore me procurer une carte d'accréditation (par exemple celle d'une vieille dame qui serait morte brutalement après avoir reçu la sienne) mais ma véritable intention n'était pas de provoquer un scandale, alors je suis repartie sans rien faire. En ce début d'année, je ressentais comme une véritable humiliation que mon plan élaboré en secret pour faire le tour d'encore plus de fêtes sportives fût ainsi perturbé par cette carte de rien du tout.

En regardant autour de moi, j'ai remarqué en retrait ici ou là quelques personnes apparemment dans la même situation que moi. Dissimulées derrière la passerelle piétonnière, la pile d'un pont, un poteau électrique ou un distributeur automatique, elles fixaient d'un air déçu le portail d'entrée de l'école H. Bien sûr, leur poitrine à elles aussi était de pauvre apparence.

En revanche, la générosité de l'école primaire L était terriblement sympathique. Le portail décoré de fleurs artificielles faites à la main en était largement ouvert. On m'y a donné le programme à l'entrée. Un carton bleu clair plié en deux, avec sur la couverture le dessin de l'assaut aux encouragements par les garçons de cinquième année. Des drapeaux de tous pays accrochés à une corde flottaient au vent, la poussière de chaux voltigeait dans l'atmosphère, les vélums s'étendaient fièrement, blancs sous le ciel bleu. Les voix à travers les micros, le brouhaha des enfants et les marches militaires se mêlaient, tourbillonnant au vent. Les tenues de gymnastique des enfants étaient si propres qu'elles devaient sentir la lessive, les chaussons de gymnastique marqués au nom de chacun au feutre noir indélébile, et pas un élastique des casquettes de toile blanche ou rouge n'était tordu.. Ce qui se déroulait à l'école primaire L était une véritable fête sportive digne de ce nom.

Pour quelle raison assister à la fête sportive d'une école qui n'était pas la mienne ni celle que mon enfant fréquentait ? Pourquoi attendre la saison avec impatience et rassembler les informations concernant les écoles du voisinage afin de faire le tour du plus grand nombre de fêtes possible ? J'avais toujours fait en sorte de ne pas réfléchir trop sérieusement à ces questions. Il me semblait que je pouvais avancer des prétextes maladroits, mais je ne me forçais pas à me justifier. D'ailleurs, puisque personne ne m'en demandait la raison, il n'était aucunement nécessaire pour moi d'y réfléchir.

J'ai commencé il y a plus de dix ans, après avoir emménagé en face d'une petite crèche hors contrat. Début septembre, lorsqu'étaient arrivés jusqu'à moi le son des exercices de la troupe des tambours et des flûtes, de la gymnastique et des jeux, je m'étais contentée de tendre l'oreille en me disant que c'était mignon. Bientôt, lorsqu'en revenant du supermarché j'apercevais leurs silhouettes à travers le grillage, je ne pouvais plus m'empêcher de m'arrêter pour les regarder. Et lorsqu'enfin ce fut le grand jour, l'ambiance d'exaltation venue d'en face parvenant jusqu'à moi à mon corps défendant, même si je me suis dit pendant un moment qu'elle ne me concernait en rien, me persuada par ailleurs en me signifiant qu'il n'y avait pas à hésiter, que cela se passait juste devant chez moi, et qu'il n'y avait aucun problème à ce que je fasse comme si je passais là par hasard au cours de ma promenade.

J'avais fini par me laisser aspirer, titubante, vers la crèche. Pour montrer qu'il s'agissait en principe de ma promenade, j'avais coiffé un chapeau de paille et accroché un podomètre autour de ma taille.

C'est à partir de là que mon tour des fêtes sportives a débuté. J'arrivais à me mêler tout à fait naturellement aux familles des enfants. Personne ne me soupçonnait ni faisait attention à moi. J'étais un visage inconnu qu'on prenait sans doute pour celui d'une maman ou peut-être même d'une grand-mère, mais on n'allait pas jusqu'à chercher une occasion afin d'oser m'adresser la parole. J'avais appris en un court laps de temps l'art de me dissimuler aux regards des gens, de faire comme si j'étais transparente.

Je n'avais d'autre souhait que celui d'assister aux fêtes sportives. Immobile à l'écart des places réservées aux familles, si possible derrière les jungle gym ou les vestiaires de la piscine, je regardais se dérouler le programme à travers une haie de spectateurs. Je souriais au moindre happening, applaudissais à un relais acharné. Bref, je n'étais pas du tout différente des membres des autres familles.

La réunion sportive de l'école primaire L commençait selon le programme par la gymnastique à la radio. Ces derniers temps, nombreuses sont les écoles faisant un échauffement original qui inclut des mouvements d'ensemble à l'occidentale (comme à l'école H), mais bien sûr, à l'école L on a gardé la bonne vieille gymnastique à la radio.

De la classe 1 de première année à la 4 de sixième année, filles et garçons sur deux rangs par classe, cela fait un total de quarante-huit rangées. En longueur il y a de quinze à dix-huit écoliers qui se suivent par ordre de grandeur, du plus petit au plus grand. Les classes impaires portent une casquette rouge, les paires une blanche. Je suis toujours impressionnée de ce que plus de sept cents enfants puissent ainsi incarner la notion d'ensemble. Mérite de l'impeccable premier rang dont personne ne ressort. Courbe admirable qui se prolonge sur deux rangs de l'avant vers l'arrière, des élèves de première année jusqu'à ceux de sixième année. Contraste entre le rouge et le blanc. Tout me ravit.

C'est là que l'intervention de la gymnastique à la radio est insupportable. Qui donc a inventé ces enchaînements de mouvements qui tout en se proclamant gymnastique ne donnent pas vraiment l'impression de faire de l'exercice ? Tourner les hanches en se tortillant, ouvrir les cuisses, exposer ses dessous de bras. Rien que des mouvements inutiles dans la vie quotidienne. Et d'un autre côté, il est impensable qu'ils soient à la poursuite de l'expression d'une beauté physique secrète, on dirait plutôt qu'ils essaient d'expérimenter jusqu'où l'homme peut exprimer des formes étranges.

Mais les enfants sont pleins de zèle. Tout en exposant généreusement leurs bras et leurs cuisses, sans émettre de doute, sans être captifs d'un objectif, ils se remuent comme il en a été décidé. Ils prêtent volontiers leur corps immature aux signaux secrets émis vers le ciel par celui qui a imaginé l'enchaînement des mouvements de gymnastique pour la radio. Je concentre encore plus mon regard pour déchiffrer ces signaux.

Danse libre (troisièmes années), relais interclasses (cinquièmes années), course au ballon (premières années), bataille des cavaliers (sixièmes années)… le programme se poursuit. La danse libre dramatique pleine d'invention, comme le relais très disputé, tout est charmant, mais moi je préfère des programmes plus sobres comme les balles au panier ou la lutte à la corde. Et celui que je préfère entre tous c'est les balles au panier. Chaque fois que j'y assiste à l'école primaire L, je me dis que j'aimerais bien avoir le rôle de la personne qui tient la longue perche de ce panier.

Faut-il de la force pour cela ? Puisque c'est une maîtresse d'école qui s'en charge, je devrais bien pouvoir le faire moi aussi. Les reins légèrement cambrés, les jambes prenant fermement appui sur le sol, les mains qui doivent sans arrêt réguler leur force pour que le panier reste au même endroit dans le ciel. On doit sentir remonter le long de ses jambes les vibrations provoquées par les bonds des enfants. Si on lève les yeux, on voit se dessiner en multiples trajectoires dans le ciel les paraboles tracées par les balles. Les enfants crapahutent désespérément en tous sens pour ramasser de nouvelles balles. Les spectateurs et les enfants, tous ont les yeux levés vers le panier, et ils n'ont pas le temps de penser à la personne qui lui permet de rester accessible. De temps à autre, une balle lui tombe sur la tête. Qu'y a-t-il à l'intérieur de ces balles ? Des petits pois ? De l'éponge ? Des chiffons ? Je serais si contente si c'étaient des petits pois. On ne peut pas savoir si c'est dur ou mou, comme sensation ça roule un peu au sommet du crâne. La balle s'écrase et tombe en glissant sur les cheveux.

Je me demande qui m'a frappée. Je regarde autour de moi mais je ne vois rien, les jambes des enfants s'entremêlent, et pendant ce temps-là les balles arrivent de directions dont je n'ai pas idée. Les chevilles des enfants sont fines, et les talons petits comme des imitations de noix. Je réduis mon corps jusqu'à ce que je puisse mieux les voir. En mettant plus de force dans mes mains qui tiennent la perche. De la poussière s'élève.

Je me dis que j'extirperais bien deux de ces noix, n'importe lesquelles, pour les frotter l'une contre l'autre sur mes paumes. Je suis sûre que même s'ils sont petits, les talons ont une certaine dureté, qu'ils correspondent parfaitement l'un à l'autre et qu'ils feraient un petit bruit discret comme s'ils me parlaient en cachette.

Allez, frappez-moi avec encore plus de balles. La maîtresse vous a sans doute dit que le jeu de la balle au panier consistait à lancer le plus de balles possible dans le panier, mais ce n'est pas vrai vous savez. En fait, celui qui gagne c'est celui qui frappe le sommet de mon crâne avec le plus de balles possible.

Les enfants se bousculent toujours avec autant d'énergie. Ils lancent les balles avec tellement de passion qu'ils ne se sont pas rendu compte qu'ils avaient perdu leurs talons.

A la pause de midi, au stand du bazar organisé par l'association des parents d'élèves, j'ai acheté un hot-dog et un yakult que j'ai mangés assise derrière la boîte à données météorologiques. Quand on fait le tour des fêtes sportives, c'est l'heure de la pause du déjeuner qui demande le plus d'attention. Les enfants regagnent l'endroit où leur famille s'est installée et les pique-niques se déploient un peu partout autour du terrain de sport. Ceux qui ont des liens se regroupent entre eux. Mais aucun enfant ne court vers moi. Pour que l'entourage ne s'aperçoive pas de cette réalité, il est nécessaire que je me comporte avec la plus extrême attention.

Grâce à l'expérience, j'ai vite réussi à attraper le point de départ de la chaîne qui permet de se faire passer aux yeux du groupe A pour quelqu'un du groupe B, aux yeux du groupe B pour celui du groupe C et aux yeux du groupe C pour celui du groupe D. Le stade est vaste, mais ce point-là ne se trouve pas n'importe où, pour le trouver il m'a fallu des réflexes, de l'intuition, du courage, et jusqu'à de la capacité d'exécution pour que mes calculs ne soient pas devinés.

Comme les autres années, le hot-dog préparé par l'association des parents d'élèves était délicieux. Le chou finement haché avec soin, le pain frais, la moutarde forte à souhait. On pouvait dire qu'acheter mon déjeuner au bazar était le seul fil qui me reliait à l'école L. En payant mon hot-dog, à la pensée que j'étais un minimum utile à l'école L, je sentis un petit plaisir monter en moi. Je l'ai mangé en imaginant que les petites pièces que j'avais données allaient se transformer en balles remplies de petits pois.

La boîte à données météorologiques était couverte de motifs à base de peinture écaillée et de fientes. En début d'après-midi, les rayons du soleil se sont faits plus forts, et l'ombre de la boîte ne suffisant plus, j'ai enfoncé mon chapeau de paille un peu plus sur mon front.

Celles qui font le tour des réunions sportives ont la capacité de reconnaître l'existence de leurs semblables. Les parents d'élèves et les professeurs ne nous débusquent jamais, mais nous ne pouvons tromper le regard de celles qui sont comme nous.

Quand j'ai découvert leur existence, pour être honnête j'en ai été troublée. J'ai reçu un choc, mon orgueil de créatrice du tour des fêtes sportives en a pris un coup, en même temps que je me méfiais qu'un excédent de personnes vienne s'ajouter à cette célébration secrète.

Mais bientôt il fut clair qu'elles n'auraient aucune influence sur moi. A une réunion sportive, pas plus de deux ou trois ne se présentent. De trente à soixante-dix ans, l'éventail de l'âge est large, il n'y a que des femmes, en tenue sobre. Bien sûr, toutes sont seules.

"Si ça se trouve, vous…
— Oui. Vous avez deviné.
— C'est bien ce que je pensais…
— Mais alors, vous aussi ?
— Oui.
— C'est ça. Bon…
— Excusez-moi."

Lorsque nos regards se croisent et que nous nous reconnaissons l'une l'autre, nous nous lançons un clin d'œil qui ne dure pas plus qu'une ou deux secondes. Nous ne nous parlons jamais directement. Nous savons ce que l'autre ne souhaite pas qu'on lui fasse parce que nous sommes semblables. Il nous arrive aussi de reconnaître les mêmes visages ici ou là dans d'autres fêtes sportives. Ah, elle est encore là, pensons-nous, mais ce n'est qu'une simple réflexion : ça ne va pas plus loin. Nous restons plutôt à l'écart l'une de l'autre pour garder la bonne distance.

La première épreuve de la seconde partie fut le relais à la cuiller de l'équipe des parents d'élèves contre celle des professeurs. L'une de nous s'était glissée au milieu de la file des parents d'élèves attendant le départ, un bandeau autour de la tête, une cuiller à la main. Son style était différent du mien, mais j'en connaissais depuis longtemps qui, sous quelque forme que ce soit, voulaient participer aux compétitions. Elles étaient positives, contrairement à moi qui rêvais de tenir la perche pour le lancer de balles au panier mais ne pouvais rien faire dans la réalité. Elles traînaient aux alentours de la ligne de départ, se portaient candidates, sautaient sur la moindre occasion.

Pourquoi ces femmes tenaient-elles tant à participer aux épreuves ? Pourquoi ne se contentaient-elles pas de regarder ? Je ne savais pas très bien. Avaient-elles envie de s'éclater au point culminant d'une réunion sportive ? Tout en sachant qu'il s'agissait d'une vaine opposition, en s'ajoutant au cercle de l'école L, voulaient-elles ne serait-ce qu'un instant oublier qu'elles étaient égarées ?

En tout cas, celle-là tenait résolument la cuiller avec l'énergie de la personne qui ne veut pas laisser passer l'occasion qu'elle a saisie, et commençait déjà ses exercices pour assouplir ses genoux. Elle paraissait avoir une quarantaine d'années. Un peu boulotte, sans maquillage, insouciante de ses cheveux permanentés qui repoussaient droit, sans doute n'avait-elle pas de soutien-gorge, car sa poitrine pendait sur son ventre.

La balle de ping-pong posée sur la cuiller se soulevait au moindre coup de vent, pour retomber au hasard un peu partout. Pleins d'excitation, les enfants qui observaient les derniers préparatifs des parents ou des professeurs qu'ils connaissaient bien tapaient bruyamment des pieds en poussant des cris perçants inarticulés. La musique qui s'écoulait des haut-parleurs se fit plus précipitée, exaltant l'ambiance. La balle de ping-pong du directeur se souleva à une hauteur incroyable, le secrétaire général de l'association des parents et professeurs trébucha dans un virage, la dame de la cantine esquissa un joli pas de danse en faisant flotter son fichu à pointe et il y eut des salves d'applaudissements. Les drapeaux de tous pays s'enroulaient autour de la corde, un enfant d'une classe quelconque fit un malaise, un membre du conseil municipal assis à la tribune des invités luttait contre le sommeil. Le chargé du son augmenta le volume à fond, le photographe ne cessait d'appuyer sur le bouton de son appareil, le secouriste emmena à l'infirmerie l'enfant qui avait fait un malaise. Et pendant ce temps-là, l'enthousiasme continuait à se déchaîner.

Grâce à cela, lorsque vint le tour de ma semblable, personne ne se demanda de qui elle était la mère ou la grand-mère, et elle put recevoir la même quantité de cris d'encouragement que les autres. Les yeux rivés sur sa balle de ping-pong, sacrifiant la vitesse à la sécurité, elle progressait en glissant sur ses pieds. Son visage avait rougi sous le soleil et son pantalon poussiéreux pendait lamentablement. Elle était sérieuse comme si elle voulait montrer qu'elle n'avait pas l'intention d'ennuyer qui que ce soit et souhaitait qu'on lui laisse remplir le minimum de ses obligations.

Au final, les parents d'élèves ont gagné de peu. La silhouette de ma semblable disparut tout bonnement au milieu du groupe qui s'éloignait de la ligne d'arrivée, et je n'eus plus le moyen de savoir où elle s'en était allée.

A la fin, alors que la couverture bleu clair du programme avait commencé à se ramollir au contact de la sueur de mes mains, la situation évolua d'une manière inattendue au moment de la course aux objets prêtés des quatrièmes années.

"Y a-t-il quelqu'un avec un chapeau de paille sur la tête ?" demandait une petite fille aux cheveux coupés au bol en passant dans les rangs des spectateurs.

"Un chapeau de paille, quelqu'un avec un chapeau de paille."

Je ne bougeais pas tout en ayant conscience des regards tournés vers moi, et tout en sachant que c'était stupide de faire cela, je me cramponnais au socle de la boîte aux données météorologiques.

Alors que je m'étais appliquée uniquement à me dissimuler, tout le monde maintenant avait sans doute remarqué que j'étais coiffée d'un chapeau de paille. Pourquoi tous ces gens, en entendant le mot chapeau de paille, avaient-ils pu aussitôt me désigner ?

"Regardez, là.

— Derrière la boîte météo.

— C'est bien un chapeau de paille, hein."

Tout le monde parlait. J'ai serré la boîte plus fort. Biberon, lunettes de presbyte, poudrier, les enfants de quatrième année qui essayaient d'emprunter toutes sortes de choses allaient et venaient un peu partout.

"Allez, oui, vous…"

Une inconnue derrière moi me poussait. Une femme aux hanches rondes, au rouge à lèvres brillant, à la voix rauque.

"Qu'est-ce que vous fabriquez ? Allez-y, dépêchez-vous."

J'essayais de me glisser encore plus sous la boîte lorsque plusieurs bras venus de je ne sais où m'ont empoignée, m'immobilisant aussitôt.

"Excusez-moi. Veuillez me pardonner. Tenez, mon chapeau de paille, je vous le prête.

— Non, ce qu'il faut c'est une personne avec un chapeau de paille."

Ce devait être une excellente élève qui travaillait bien à l'école, peut-être même était-elle chef de classe. La petite fille à la coiffure au bol, à la voix claire et qui parlait distinctement, s'était exprimée comme une magistrate prononçant une sentence. On ne m'a pas laissée m'y opposer, j'ai été traînée jusqu'à ses pieds.

Main dans la main, nous avons traversé la trouée qui s'était formée naturellement dans la foule et nous sommes arrivées au centre du stade. C'était beaucoup plus vaste que vu de l'extérieur, il n'y avait pas d'endroit par où s'échapper et le soleil était éblouissant. Le corps de la petite était tout près de moi. Je voyais à travers sa tenue de gymnastique remuer vivement les muscles de ses épaules. Je faisais mon possible pour ne pas regarder ses talons.

La main d'une écolière de quatrième année était-elle donc si petite ? Je serrais craintivement cette main minuscule qui paraissait avoir interrompu son évolution, en disproportion totale avec la déclaration imposante de la fillette. Chaque fois que sa frange tremblait me parvenait une douce odeur de transpiration.

Ce qui s'est passé ensuite, pour être franche je ne m'en souviens pas très bien. Selon les instructions de la petite fille, j'ai enfourché le tricycle et elle a tiré sur la corde accrochée au guidon en forme de roue. Mal huilé, le tricycle grinçait à chaque coup de pédale et le volant n'obéissant pas, plus j'y mettais de la force, plus il serpentait. J'étais prise dans le tourbillon de rires et de cris qui s'élevaient autour de moi. Le soleil brillait sans merci au milieu du ciel, le vent avait cessé, la ligne d'arrivée était loin.

A ce moment-là, comme si elle sortait de l'engourdissement, la petite fille à la coiffure au bol a tiré de toutes ses forces sur la corde. Les roues de derrière se sont soulevées d'un coup, la roue avant s'est affalée sur le sol et le tricycle a fait la culbute. Les rires ont redoublé autour de nous. Ejectée du tricycle, j'avais roulé sur la piste. Mon podomètre qui s'était détaché avait glissé entre mon pantalon et mon slip, et mon chapeau de paille avait roulé un peu plus loin.

La terre du stade était tiède. Mes paumes étaient incrustées de grains de sable, mes jambes formaient un angle bizarre, mes lèvres étaient égratignées. La tiédeur venait sans doute plus de mon sang que de la terre. Derrière un nuage de poussière je voyais le tricycle devenu d'un seul coup plus léger se précipiter vers la ligne d'arrivée en bondissant derrière la fillette à la coiffure au bol. Les enfants avec le biberon, les lunettes de presbyte et le poudrier sont passés en courant l'un derrière l'autre, sans égard pour le chapeau de paille qu'ils piétinaient. Celui-ci n'avait plus du tout la forme d'un chapeau.

De retour à la maison, j'ai rangé dans mon dossier le programme de la quarante-deuxième réunion sportive de l'école élémentaire L. Au moment de ma chute il avait dû s'écraser dans ma poche car il était tout froissé, mais cela lui donnait par ailleurs une certaine saveur qui ajouta un accent particulier plein de charme à mon épais dossier.

Je me suis endormie en priant pour que l'année suivante l'école élémentaire L n'introduise pas l'usage de la carte d'accréditation.

(Manuscrit zéro)

Le lendemain (lundi)

Pluie. Pas superficielle, pénétrante et sans répit. Je pense qu'il est heureux qu'elle ne soit pas tombée ainsi hier.

J'ouvre le prix de participation à la course aux objets prêtés d'hier. Il contient un cahier, trois crayons HB Tombow, une gomme. Sur la couverture du cahier est imprimée la photographie d'une araignée *Nephila clavata*, à l'intérieur un quadrillage 8 x 8 et sur chaque page au coin en haut à gauche un petit espace carré pour le cachet du contrôle. Le papier crème est en harmonie avec les lignes bleu clair. J'ai taillé un crayon (je n'ai pas retrouvé le taille-crayon qui a disparu à mon insu, alors je me suis résignée à le tailler avec un couteau de cuisine) et j'ai essayé d'écrire dessus pour voir : la mine glisse agréablement, et la poudre noire sur laquelle je souffle laisse une trace qui ressort nettement. En plus, la gomme est bien. Elle ne sent pas la fraise, n'a pas une forme bizarre pour plaire aux enfants, c'est une gomme royale. Avec le coin de cette gomme toute neuve j'efface ce que je viens d'écrire et les rognures se forment d'une manière tout à fait orthodoxe. Je suis un moment sous le charme de cette gomme faite pour effacer les fautes et qui produit des rognures aussi correctes.

Je me dis que si j'écris mon manuscrit sur ce cahier d'écolier tout va peut-être bien se passer.

En utilisant sans honte ces grandes cases, ne vais-je pas pouvoir écrire quelque chose de merveilleux ? Si, j'en suis sûre à présent. Et j'y appliquerai le tampon en forme de fleur des bons élèves.

Je suis contente de mon idée. Je me réjouis en me disant que cela valait la peine de participer à la course aux objets prêtés.

*(Manuscrit cinq pages
sur le cahier d'écolier)*

Un jour de novembre (jeudi)

Dans le journal du soir j'ai découvert la nouvelle d'un plagiat. L'article mentionnait un compte rendu d'inspection en Bolivie rédigé par un membre du parlement qui s'est révélé copie conforme de la thèse d'un professeur d'université. Au départ, le parlementaire questionné par le gouvernement a nié les accusations, mais après qu'un groupe de citoyens en tournée d'inspection menant une enquête sur ses frais de voyage a produit la preuve concrète que quatre-vingt-sept pour cent du compte rendu était identique à la thèse universitaire, il a fini semble-t-il par reconnaître sa faute et exprimer ses excuses.

"Le manque de connaissance et la faiblesse de cœur m'ont conduit à cette regrettable situation, j'en suis absolument désolé…"

Le journal publiait la photo du parlementaire tête inclinée et le compte rendu surligné à quatre-vingt-sept pour cent.

Les vérifications du groupe de citoyens étaient simples mais rigoureuses. Le compte rendu strictement comparé à la thèse universitaire et les manipulations du parlementaire relevées de un à cent. Le surlignement tracé bien droit, qui ne dépassait pas d'un millimètre, traquait impitoyablement du moindre signe de ponctuation à la terminaison des mots.

Il me semble qu'à la manière d'une éruption volcanique ou de l'approche d'un nuage météorique, le plagiat est cyclique, mais ce n'est peut-être qu'une simple illusion de ma part ? Juste après sa découverte, on en parle beaucoup, d'autant plus lorsqu'une personnalité célèbre est impliquée ; menaces, regrets, cris de colère, larmes, rejets, justifications, toutes ces choses-là volent en tous sens, mais finalement il n'y a pas tellement de cas où l'on va jusqu'au procès pour régler l'affaire, et toute l'histoire disparaît des informations avant d'avoir été éclaircie. Ensuite la tranquillité s'installe pendant un certain temps. Et au moment où plus personne ne se demande ce qu'est devenue cette histoire de plagiat, comme si le timing avait été calculé à l'avance, une nouvelle affaire éclate.

Un peintre vole la composition d'une photographie, le journaliste d'un hebdomaire la chronique d'un magazine, un cuisinier la recette d'un restaurant, un designer le dessin d'un de ses élèves, un essayiste un article envoyé à un journal. Les combinaisons sont riches et variées. Si certaines personnes concernées s'excusent assez facilement, d'autres brandissent une théorie originale sur l'art. C'est pourquoi les gens tendent l'oreille sans se lasser aux annonces de plagiat. Avec un espoir secret, comme lorsqu'on se demande ce qui va venir après une éruption volcanique ou un nuage météorique.

Ah, moi aussi je voudrais éprouver cet espoir secret, je me dis à quel point ce serait bien s'il pouvait en être ainsi. Car je crains les nouvelles concernant les plagiats. Mes lèvres frémissent dès que j'entends le mot ou tombe dessus par hasard. Pas à cause du pressentiment qu'un jour il m'arrivera peut-être à moi aussi de me salir les mains avec un plagiat. Mais parce que j'en ai déjà commis un.

Il y a une dizaine d'années au début de l'été, lorsque j'ai pris l'autocar allant de Marseille à Aix-en-Provence, en jetant un coup d'œil à l'homme assis à côté de moi, je me suis aperçue qu'il s'agissait d'un écrivain célèbre. Mon esprit embrumé par le décalage horaire en a aussitôt été alerté. Un écrivain célèbre. Oui, un écrivain célèbre. Traduit dans toutes les langues, dont les livres s'empilaient dans les librairies de n'importe quelle petite ville du monde entier. Un écrivain ayant reçu plusieurs grands prix littéraires. Bien sûr, il devait également se trouver dans ma bibliothèque. Je ne l'avais jamais rencontré, mais il n'y avait pas d'erreur car je l'avais vu un grand nombre de fois sur des photos récentes. C'était certainement lui.

Et, après en être arrivée là, je suis restée soudain pétrifiée. Son nom m'échappait.

Pourquoi ? Je l'avais sur le bout de la langue mais il n'arrivait pas à franchir mes lèvres. Mais bon, c'était fréquent d'oublier le nom de quelqu'un, alors j'ai attendu tranquillement en me disant qu'il ne tarderait pas à me revenir. Aller jusqu'à Aix-en-Provence prenait une petite heure.

Cet écrivain célèbre paraissait lui aussi voyager seul ; après avoir déposé à ses pieds un knapsack en cuir souple usé, il s'était accoudé à la vitre pour observer attentivement le paysage. La lumière méditerranéenne qui l'éclairait donnait à son profil bien découpé un relief encore plus marqué et un air encore plus réfléchi d'écrivain célèbre. Le vent qui passait par le petit entrebâillement de la vitre soulevait sa frange de cheveux bruns qui retombait en souplesse sur son front.

Il était beaucoup plus beau en vrai qu'en photo. De grande taille, son corps musculeux paraissait ferme. A l'idée que j'étais assise à côté de cet écrivain célèbre, si près que nos épaules auraient pu se toucher, j'avais l'impression d'être écrasée par l'importance de ce hasard. Tout en faisant semblant de regarder dehors à travers la vitre, je lui jetais des coups d'œil discrets de manière à ne pas éveiller ses soupçons alors que, son corps à moitié penché sur l'accoudoir, l'écrivain célèbre essayait d'avoir le champ de vision le plus large possible.

Mais quand même il était célèbre. Et je n'arrivais toujours pas à me souvenir de son nom. Je me rappelais la reliure des livres qui se trouvaient chez moi, les scènes de ses romans qui me plaisaient le plus ou les critiques de ses derniers livres publiées dans les rubriques culturelles des journaux. J'arrivais à me souvenir des maisons d'éditions, du caractère des personnages ou du nom de ceux qui avaient écrit des critiques. Mais le plus important : son nom, avait coulé au fond du marais trouble de ma mémoire.

En revanche, la mer étale qui s'étendait derrière la vitre était pure. Elle se superposait insensiblement au ciel qui allait se perdre au loin et s'y mêlait dans l'éblouissement du soleil, miroitant sans relâche. Les roches affleurant sur les montagnes qui se succédaient de l'autre côté, blanchâtres, étaient sèches, et l'on voyait ici ou là entre les oliveraies qui ondulaient au vent pointer les toits orange des villas. L'autocar était plein d'étudiants, de vieux couples et de touristes. Au milieu du tourbillon des conversations, l'écrivain célèbre et mon siège étaient les seuls à former une bulle de tranquillité.

Bientôt, il a sorti un snack de la poche de son knapsack qu'il a commencé à grignoter toujours appuyé contre la vitre. J'entendais un petit bruit agréable, croc croc, tandis qu'une bonne odeur arrivait jusqu'à moi. C'étaient des graines de tournesol grillées et salées. Les graines de tournesol ne constituaient-elles pas un en-cas idéal pour un écrivain célèbre ? Il n'aurait pas fallu de crackers au fromage ni de barre chocolatée. Les chips auraient encore plus manqué de dignité. Effectivement il fallait qu'il s'agisse de graines de tournesol, ai-je pensé avec émotion.

Mais maintenant je devais faire encore plus attention pour éviter qu'il pense à tort que je le regardais avec convoitise. Non, je ne vous dévisage pas, je pense encore moins à vous demander de bien vouloir me donner des graines de tournesol, je me contente d'observer le paysage du sud de la France, alors je vous en prie, n'y faites pas attention. J'ai mobilisé tous les nerfs de mon corps pour qu'il s'exprime ainsi.

L'écrivain célèbre plongeait régulièrement la main dans le sachet, saisissait précisément deux graines de tournesol entre le pouce et l'index et les glissait entre ses lèvres presque sans ouvrir la bouche. Dans le craquement de la coque des graines, on comprenait à quel point la santé de ses dents était excellente. Écrivait-il ses romans avec ces doigts-là ? Instinctivement je les ai fixés. Longs, fins, osseux. Machine à écrire, ordinateur ou stylo à plume ? En tout cas il n'y avait pas d'erreur : c'étaient bien de ces mains-là que naissaient ses merveilleux romans. J'ai laissé échapper un soupir d'admiration qui s'est noyé dans le courant d'air. Son profil se découpait toujours avec autant de netteté. Sauf l'extrémité de son menton qui remuait légèrement, ses pupilles, ses sourcils et ses lèvres étaient immobiles. Il n'était pas dans le vague, ne paraissait pas non plus aux prises avec un problème sérieux, il avait simplement l'aspect de quelqu'un qui se glisse à travers un intervalle du paysage. Inépuisables, les graines de tournesol disparaissaient l'une après l'autre entre ses lèvres. Je ne m'étais pas aperçue que l'autocar avait quitté la route du bord de mer pour rouler entre les oliveraies. Les olives écrasées par les pneus laissaient sur la route des taches noirâtres. Sur un panneau j'ai pu lire les mots Aix-en-Provence.

Pourquoi n'arrivais-je pas à m'en souvenir ? Plus j'étais fascinée par son aspect solitaire plus je commençais à m'énerver. Ayant devant mes yeux un écrivain célèbre que je ne connaissais qu'à travers ses livres, le bruit de ses dents parvenant jusqu'à mes oreilles, il n'y avait pas de raison pour que soit permise une absurdité telle que son nom ne me revienne pas. Il avait un nom remarquable. Je ne savais pas s'il lui avait été donné par ses parents ou s'il s'agissait d'un pseudonyme, mais en tout cas il avait un nom majestueusement imprimé sur la couverture de ses livres, répertorié, qui n'était pas censé disparaître. J'ai tenté de me représenter intérieurement l'alphabet de A à Z. J'ai essayé aussi avec le syllabaire katakana employé pour les mots d'origine étrangère. J'ai pensé qu'il y avait peut-être ses initiales quelque part, mes yeux ont cherché sur son knapsack, ses chaussures et sa chemise. En vain. Et l'autocar arriva à Aix-en-Provence, sur la place de l'Hôtel-de-Ville, bordée de platanes.

J'avais décidé de lui adresser la parole à la descente de l'autocar. Veuillez me pardonner cette impolitesse. Ne seriez-vous pas un écrivain célèbre ? Je suis une lectrice assidue de vos romans. J'ai honte mais moi-même j'écris des romans et depuis longtemps j'ai beaucoup d'admiration pour vous. Il n'y a pas de plus grand honneur pour moi que de vous rencontrer d'une manière aussi inattendue. Si cela ne vous dérange pas, puis-je vous serrer la main ? Non non, elles peuvent être gluantes d'huile de tournesol, cela ne me gêne pas du tout. Au contraire, ce sera comme un massage avec un extrait concentré de vous-même : c'est parfait pour moi. J'aurai l'espoir de pouvoir peut-être écrire moi aussi un bon roman.

"S'il vous plaît..."

J'avançai dans le passage, bousculée par les autres voyageurs. Je descendis les marches, et au moment où je m'apprêtais à lui adresser la parole, l'écrivain célèbre avait disparu. Les passagers attendaient leurs bagages près de la soute de l'autocar, mais sa silhouette n'était pas parmi eux. Alors que pas un instant je ne l'avais quitté des yeux, je ne voyais nulle part le knapsack en cuir souple, les graines de tournesol et ses doigts gras.

Inutile de dire que rentrée chez moi j'ai cherché à savoir qui c'était. J'avais beaucoup plus de moyens pour le faire à la maison qu'à bord d'un autocar. Ce flou allait se dissiper tout de suite. Même si j'eus un mauvais pressentiment en ouvrant ma valise pour découvrir éventré le sac de graines de tournesol acheté en souvenir au kiosque d'Aix-en-Provence, des graines éparpillées partout sur mes affaires : objets de toilette, médicaments, sous-vêtements sales, jeans et guides de voyage. J'ai commencé par mes livres. J'ai vérifié chaque volume d'un bout à l'autre de ma bibliothèque, j'ai répété cinq fois l'opération, et pour plus de sécurité j'ai même décollé les étagères du mur pour regarder derrière. Puis je suis allée à la bibliothèque municipale et j'ai donné au bibliothécaire toutes sortes d'informations tournant autour de l'écrivain célèbre afin de lui permettre d'effectuer des recherches informatiques. J'ai feuilleté un répertoire des écrivains contemporains plus épais qu'un annuaire téléphonique. J'ai appelé toutes sortes de personnes : rédacteurs, éditeurs ou amis lisant des romans, anciens professeurs.

Tout en faisant cela, j'ai commencé à me douter de quelque chose. Quoi que je fasse, ce serait inutile. Les livres dont je me souvenais si nettement dans l'autocar, je ne les trouvais nulle part sur les rayonnages dans les bibliothèques. Sur l'écran des ordinateurs aucune liste ne s'affichait en dehors de la simple ligne : pas de résultat, et les gens au téléphone se contentaient tous de répéter : "Excusez-moi de ne pas pouvoir vous être utile." Dans le répertoire des écrivains contemporains il n'y avait que des photographies ressemblant sans y ressembler à l'écrivain célèbre, quelques-unes parmi elles étant indisponibles, comme celles de Salinger ou Steven Millhauser qui n'étaient manifestement pas celui que je recherchais.

Plus je m'agitais, plus l'écrivain célèbre coulait au fond du marais trouble de ma mémoire. Englouti par la boue froide, celui qui contemplait la Méditerranée en grignotant des graines de tournesol ne paraissait pas vouloir remonter à la surface. Refusant d'accepter ma défaite, je tentais de scruter l'eau de ce marais pour voir s'il ne flottait pas de l'huile de tournesol sur le tourbillon qu'il avait laissé, mais l'endroit était calme, comme nimbé d'un voile de ténèbres.

Après avoir épuisé tous les moyens, j'ai écrit une nouvelle que j'ai envoyée à une revue littéraire environ un mois plus tard. Je l'avais rédigée avec aisance et légèreté, en gardant mon sang-froid, normalement. J'avançais toujours avec lourdeur, tête baissée je crachais l'un après l'autre les caractères en soupirant, et par manque de confiance en moi je restais indéfiniment bloquée au même endroit, si bien que terminer un récit aussi rapidement fut pour moi une véritable surprise.

J'étais de bonne humeur. Exaltée. Le chemin à suivre s'étendait droit devant moi. Un chemin couvert d'herbe tendre et qui sentait bon, qui aurait donné à quiconque une irrésistible envie de l'emprunter. J'y entendais nettement les voix des personnages qui s'y trouvaient. Leurs vêtements, la forme de leur silhouette, l'allure de leurs mains, le sens du vent, les nuances du paysage, tout se présentait à nouveau devant mes yeux. Comment était le bout du chemin, quel secret y était caché, je voyais tout. C'était si agréable. Je n'avais qu'à décrire ce que je voyais. Il n'était pas nécessaire d'ajouter quelque chose de nouveau ou d'effacer ce qu'il y avait en trop. Je n'avais pas non plus à me demander avec angoisse si je n'étais pas en train de commettre une erreur irréparable. Il y avait là un monde déjà achevé. Je respirais profondément comme jamais je ne l'avais fait jusqu'alors, fermais à demi les yeux, laissais flotter un sourire au coin de mes lèvres.

C'est ainsi que j'ai aspiré le nectar du plagiat. La nouvelle que j'ai envoyée à la revue littéraire était la copie conforme de mon souvenir d'un roman de l'écrivain célèbre lu autrefois. J'eus beau chercher partout je n'ai pas retrouvé le livre, mais il est certain que ce récit était rangé dans un coin de ma mémoire. Maintenant qu'il en était sorti, le titre et l'histoire bien sûr, mais aussi les changements de scènes, les expressions favorites des personnages et même la position des meubles, tout me revenait. Comme si j'avais recopié mot pour mot un roman posé à côté de moi.

Pourquoi ai-je fait cela ? Je n'arrive pas à trouver de raison valable. Bien sûr, je comprenais qu'il s'agissait d'un acte déshonorant et je savais que même si le nectar était doux à ravir, c'était le goût du poison. Mais j'ai quand même posté mon manuscrit. Alors que la colle du timbre n'était pas encore sèche, j'ai fait glisser à travers l'ouverture longue et étroite de la boîte aux lettres l'enveloppe sur laquelle était apposé le tampon exprès. Elle a produit dans sa chute un bruit sourd incongru.

Avais-je voulu savoir le nom de l'écrivain célèbre au point d'en arriver là ? Il serait enfin révélé lorsque quelqu'un ayant un jour lu ma nouvelle voudrait bien élever la voix pour dénoncer un plagiat du roman *OOXX*. En tant qu'auteur de plagiat, je serais poursuivie, je passerais en jugement, on me ferait payer des dommages et intérêts, on me mépriserait, je ne serais plus jamais acceptée dans aucune maison d'édition et tous mes ouvrages seraient passés au pilon, mais en contrepartie il me serait possible de connaître son nom.

Mais jusqu'à présent personne encore n'a daigné s'en apercevoir. Chaque fois que je reçois une lettre ou un coup de téléphone d'un inconnu, je me dis que peut-être, mais il ne s'agit que d'affaires sans relation avec mon plagiat. Très rarement, un fan lors d'une séance de signature, un responsable de rubrique littéraire ou un journaliste me posant des questions pour un magazine me dit que ce roman est celui qu'il préfère de tous mes ouvrages : C'est un bon roman, quand je l'ai terminé, je suis resté un moment sans pouvoir me lever ; une fois qu'on l'a lu on ne peut l'oublier… Sans savoir quoi répondre à ces gens qui se livrent avec passion, déchirée entre la culpabilité et la solitude de ne pas voir apparaître la personne avec qui je pourrais partager ce secret, je me compose une expression équivoque de sourire mêlé de tristesse.

L'écrivain célèbre voyage-t-il toujours quelque part autour du monde ? Prenant l'autocar seul, observant le paysage en grignotant des graines de tournesol, se mêlant discrètement à la foule en arrivant dans une nouvelle ville, il disparaît à l'insu de tous. Et il monte dans un autre autocar, surprenant la personne assise à côté de lui. Il laisse aux gens le soin de vérifier que c'est sûrement lui l'écrivain célèbre. Il éveille dans le cœur du passager assis à ses côtés les sentiments éprouvés à la lecture de ses romans. Il lui rappelle le poids du livre, le son ténu de la page tournée, la forme de la reliure. Il sent un récit oublié depuis longtemps jaillir de la grotte de sa mémoire, il éprouve de la nostalgie, les larmes lui montent aux yeux. Le récit profondément inscrit en son cœur, discret, qui sans se plaindre se tenait dans l'obscurité. Maintenant éclairée.

Le passager baisse la tête. Face à l'écrivain célèbre qui n'a pas de nom.

Je découpe l'article du plagiat du parlementaire et je le colle dans mon scrapbook. Comme il remplit exactement la dernière page de mon album, j'en sors un nouveau et j'écris en gros au feutre, en plein milieu de la couverture : "Plagiats IV". Ainsi je suis rassurée. La prochaine éruption, la prochaine approche peut venir n'importe quand, je ne suis pas inquiète.

(Manuscrit zéro)

Un jour de novembre (lundi)

Je prends le métro pour me rendre avec ma mère au grand magasin. Acheter une paire de chaussures de ville pour elle. Qu'elle portera pour aller dans un restaurant français de premier ordre où elle est invitée. Des chaussures devant lesquelles tout le monde va tellement s'extasier qu'elle finira par se vanter de ce qu'elles représentent le choix de sa fille. C'est cela que nous allons acheter.

En ce dimanche matin, il n'y a pas beaucoup de monde au rez-de-chaussée, rayon chaussures. Le vendeur désœuvré enlève une saleté sur le sofa, change l'orientation d'un chausse-pied, fait briller un miroir. La vue des chaussures alignées sur la succession d'étagères me donne presque le vertige, mais il peut y en avoir tant et plus, je reste sur mes gardes en me disant qu'il ne devrait pas y en avoir plus d'une ou deux paires qui retiennent mon attention.

Dis-moi, c'est peut-être moins confortable mais ce serait sans doute mieux qu'elles aient un talon, tu ne crois pas ? Avec une semelle souple à l'intérieur ça devrait aller. Les mollets se tendent et c'est joli, tu sais. Tu as des chevilles fines par rapport à ton poids, c'est un avantage. Je t'envie. Pour la couleur, je crois que le noir est incontournable. Un noir profond qui laisse voir le luisant du cuir en transparence. Quand on choisit un beau cuir, on n'a pas besoin de décor superflu. C'est pourquoi le problème, c'est seulement la ligne. C'est cela l'important, la beauté de la ligne continue qui va du renflement du cou-de-pied à l'extrémité des ongles.

Je pose une paire de chaussures sur le sol dont j'essaie discrètement le pied gauche. Je force mon pied à s'introduire à l'intérieur qui est dur et manque de souplesse. Je sens mes cinq orteils se recroqueviller, confus, blottis l'un contre l'autre. A cause de mes collants qui plissent, je me sens toute bête. Après avoir regardé l'étiquette accrochée à la chaussure droite, je sors mon pied et remets les chaussures en place. Aucun vendeur ne s'approche.

Le cuir synthétique ce n'est pas bon. C'est bien ce que je pensais il faut du vrai. Dis-moi, tu ne crois pas que c'est difficile de renoncer au buckskin ? Il paraît que c'est du buckskin de veau. C'est le plus doux. On aurait presque envie d'y frotter la joue. Le classique c'est le plus élégant tu sais. Mais peut-être que c'est ennuyeux pour l'entretien ? Quand il pleut par exemple. On demandera au vendeur après, hein ? Ah, attends, regarde. Celles-là aussi sont bien. Elles se ferment par une bride autour de la cheville. Cela les rehaussera, toi qui es si fière de tes chevilles. C'est féminin, je trouve. Je suis sûre qu'elles t'iront bien.

Je choisis deux ou trois modèles au hasard que j'aligne au pied de la banquette, et glisse mon pied dedans à tour de rôle. Chaque chaussure se montre distante, l'air au bout de mes ongles est froid. Les clients sont toujours aussi peu nombreux et les vendeurs ont du temps à ne savoir qu'en faire. L'éclairage est trop éblouissant, mes paupières papillonnent.

Je marche d'un bout à l'autre du rayon en proposant à ma mère des chaussures de toutes sortes.

De fabrication italienne, française, anglaise ; en cuir, daim, crocodile ; des modèles de maisons anciennes, en série limitée… Il y a autant de nouveautés qu'on le désire. Je regarde mes pieds se refléter sur le miroir du rayon. J'utilise le chausse-pied du rayon.

Je suis un peu fatiguée, si nous allions nous reposer en haut ? Quand nous redescendrons, avec un regard neuf, je suis sûre que nous trouverons les bonnes.

Nous prenons l'escalator et nous entrons dans le salon de thé japonais qui se trouve au coin de l'espace événementiel du sixième étage. Pour ma mère qui aime les pâtisseries traditionnelles et ne trouve pas le café à son goût, c'est l'endroit idéal. Dans l'espace événementiel a lieu le bazar des objets trouvés de la gare : s'empilent sur des chariots parapluies, manteaux, stylos à bille et porte-monnaie

Qu'est-ce que tu veux ? Ce que tu prends d'habitude ? Et si pour une fois tu te lançais dans quelque chose de différent ? Par exemple une pâte de riz aux pousses de fougères ? Ou des nouilles d'arrow-root ? Il y a aussi des boulettes au marron, produit de saison. Pour le thé, lequel veux-tu ? L'humeur est plutôt au thé grillé, mais un gyokuro perle-de-rosée ce n'est pas mal non plus.

"Vous êtes seule ?"

Je suis en train de regarder les échantillons exposés dans la vitrine à l'entrée du salon de thé lorsqu'une serveuse avec son plateau vient m'adresser la parole. J'acquiesce en silence. Elle me conduit à une petite table près du mur.

"Que désirez-vous ?

— Des haricots rouges au sirop mitsumamé et du thé vert sencha."

Se tournant vers la cuisine, tout en criant : "Un mitsumamé" la serveuse se retire.

Je bois une gorgée d'eau, glisse une main sous ma jupe pour tirer sur mon collant qui plisse.

Sans retourner au rayon des chaussures, je rentre directement à la maison.

(Manuscrit trois pages
sur le cahier d'écolier)

Le lendemain (mardi)

Je vais à l'hôpital. Aile ouest chambre 222. Ma mère dort. L'infirmière a sans doute passé un morceau de gaze humide sur ses joues, car elles sont toutes lisses et d'une belle couleur rose. Je m'assois sur le tabouret pour lire. Dans la mesure où il s'agit de l'aile ouest, le soleil couchant envahit la chambre. Il baigne tout : le locker rouillé, le lavabo à la peinture écaillée, les pages du livre et le lit. Chaque fois que je tourne une page, la lumière ploie un peu, doucement.

Sous le lit sont posées les chaussures de ma mère. Un modèle extra-large, à semelles de caoutchouc pour éviter de glisser, à brides en velcro afin de pouvoir les mettre et les enlever facilement. Des chaussures imprégnées d'odeur de désinfectant. L'unique paire qui lui reste et qu'elle ne pourrait porter pour se rendre au restaurant français.

Je retourne à mon livre. J'en tourne les pages au rythme de la respiration de ma mère.

(Manuscrit zéro)

Un jour de décembre (lundi)

Le matin arrive R, l'assistant social de la mairie en charge de l'amélioration de la vie. Comme d'habitude il a dans la main droite un sac bourré de documents et dans la gauche son étui à trompette.

"Comment allez-vous ces temps-ci ?

— Grâce à vous je me maintiens.

— Vous vous appliquez à écrire ?

— Ma foi, tout doucement."

En sa présence, ma voix se fait toute petite. Mes cordes vocales se recroquevillent comme effrayées à l'idée de révéler toutes sortes de choses telles que mon écriture qui n'avance pas du tout, ma dégustation des mousses, mon retard dans le paiement du gaz, ma dispute avec les voisins au sujet de la nourriture des chats errants, mon crachat vengeur sur la selle de leur bicyclette, mon entrée sans autorisation dans une école primaire ou ma discrète récupération d'une bouilloire électrique à l'endroit où l'on dépose les objets encombrants. Mais ce dont j'ai véritablement peur, ce n'est pas de la révélation de la réalité, mais plutôt qu'à cause de cela, la position de R à la mairie n'en devienne inconfortable.

"Vous menez toujours une vie régulière ?

— Oui, je m'y efforce.

— Pour n'importe quel travail, on se lève et on s'assoit à son bureau à heures fixes. C'est cela le plus important.

— Oui, vous avez raison.

— Surtout que dans votre cas, si vous attendez de pouvoir écrire pour le faire, vous n'y arriverez jamais. Si vous vous contentez d'attendre indéfiniment, croyez-vous que quelque chose va apparaître ? Les heures passeront et c'est tout, n'est-ce pas ?

— Tout à fait.

— En tout cas, il faut vous asseoir à votre bureau. Pouvoir ou ne pas pouvoir écrire, ce qu'on écrit ou ce qu'on n'écrit pas n'est pas la question. Il faut obliger son corps y compris par la force à se traîner devant son bureau et l'attacher à sa chaise. Avec un lien solide qui ne se défera pas à la moindre occasion. Vous devez montrer un minimum de détermination."

Mes cordes vocales ont fini par se contracter totalement, ne s'échappent de ma gorge que des petits soupirs rauques, et il ne me reste plus qu'à me lever pour lui servir le thé.

R, jeune diplômé de l'université depuis l'année dernière, vient tout juste de commencer à travailler à la mairie, il a beaucoup plus de bon sens que moi, quoi qu'il arrive il ne se précipite ni ne se trouble, il est d'un calme olympien. Il est si grand qu'il pourrait se cogner en passant sous un portique de sanctuaire, ses hanches sont imposantes, il a l'air mal à l'aise sur le sofa et me fait de la peine. Il porte toujours des chaussettes grises, tellement fines que l'on aperçoit en transparence les poils qui poussent sur ses cous-de-pied.

La forme de son visage paraît régulière. Aucune partie ne ressort sur les autres dont elle se distingue néanmoins, si bien que l'équilibre est préservé. Il serait peut-être difficile sans lui de faire son portrait, mais on a l'impression que plus on l'observera intensément plus on fera de découvertes intéressantes.

Une fois par mois, je me cale sur le jour de la visite de R pour préparer un thé rouge particulier. J'achète seulement vingt grammes des meilleures feuilles dans un magasin spécialisé du shopping mall de la place de la gare. Dans ce magasin, les thés ont des titres originaux tels que : Bruit d'aile de la déesse, Larme d'huître perlière ou Trace du parfum de la comète, et sur la boîte métallique du produit le plus luxueux que je demande est collée une étiquette où il est écrit : "Sueur du sommeil de la psyché".

J'attends le moment où l'eau commence à bouillir dans la bouilloire électrique et je verse dans dans la théière un peu de Sueur du sommeil de la psyché en faisant attention à ne pas en renverser. Les feuilles sont parfaitement sèches au point qu'elle ne se différencient pas de la chrysalide déchirée d'une psyché. La bouilloire électrique fonctionne relativement bien compte tenu du fait que je l'ai ramassée là où l'on dépose les objets encombrants, et cela valait le coup de frotter fort pour enlever les moisissures qui tapissaient l'intérieur, car il semble qu'il n'en flotte aucune à la surface de l'eau. Bientôt s'élève un parfum digne du luxe suprême.

Maintenant le parfum que recèle la chrysalide se libère. Feuilles mortes fermentées, petits rameaux desséchés, cadavres de bactéries, salive, température du corps, souffle expiré, tout cela absorbé par la sueur, concentré, élevé jusqu'aux limites, est délivré. Ce parfum qui semble parvenir du plus profond de la terre après si longtemps. Je pense que c'est justement cela l'odeur de R.

"Je vous remercie."

Sans mettre de lait ni de sucre, il boit sa tasse de Sueur du sommeil de la psyché sans lui laisser le temps de refroidir.

"Regardez-moi ça."

Je commence mon exposé sur le résultat de mon travail du mois.

"Ça ?" questionne-t-il avec une attitude fidèle à son travail d'assistant social.

"Oui, c'est mon cahier."

J'ai répondu en bombant la poitrine, persuadée que cela aura certainement un effet positif sur le compte rendu qu'il fera.

"Il n'y a pas de règle qui oblige à écrire un roman sur des feuillets standard. Un jour je me suis aperçue de cela. Ce cahier, contrairement à ce que l'on pourrait croire, est excellent. Le quadrillage est grand et facile à reconnaître, le papier glisse parfaitement, et comme il y a bien de la marge, on peut s'y sentir à l'aise. En plus, tenez, il y a ici un carré qui permet d'y appliquer le sceau du bon point.

— Faites-moi voir ça."

Il prend le cahier et le feuillette page après page. Dans ces moments-là il ne se précipite jamais. Il garde l'attitude de celui pour qui tout le temps dont il dispose à présent est destiné à la personne devant laquelle il se trouve. J'ai l'impression d'être la seule à bénéficier d'un tel traitement. Mais bien sûr, j'ai conscience que ce n'est qu'une illusion puisque je suis adulte. Je comprends bien que tous ceux qui comme moi sont dans l'obligation d'améliorer leur vie sont assaillis par cette même illusion.

"Non", dit-il après avoir fini de tourner les pages et fait tomber sur le sol les rognures de gomme coincées sous le fil de reliure. "Vous ne pouvez pas faire du bon travail avec ça.

— Vous croyez ?…

— Et puis d'abord, où avez-vous trouvé ce cahier ?

— Eh, euh, en général ils sont vendus dans les papeteries face aux portails des écoles primaires."

Un instant, je suis troublée.

"Réfléchissez un peu. Vous ne pouvez écrire que huit fois huit, soit soixante-quatre caractères par page, n'est-ce pas ? Cela fait les quatre vingt-cinquièmes d'un feuillet standard de quatre cents caractères. Vous avancez vite de page en page tous les soixante-quatre caractères. Vous avez l'impression de progresser rapidement dans votre travail. Mais en réalité vous pouvez bien écrire six pages, vous ne remplirez même pas un feuillet standard. Vous comprenez ?"

Tout en m'émerveillant de son talent pour le calcul mental, j'essaie à mon tour de faire la division au sujet du rapport entre soixante-quatre et quatre cents, mais je finis bientôt par ne plus rien y comprendre.

"Il ne faut pas chercher à se faire plaisir avec des méthodes aussi enfantines.

— Oui, je comprends bien. Mais que pensez-vous du contenu du roman ? Il n'y a pas beaucoup de caractères, mais c'est quand même la nouvelle histoire à laquelle je me confronte…

— En plus, c'est quoi ça ? m'interrompt-il en désignant le coin gauche de la page.

— Ah ça, comment dire, c'est moi qui l'ai appliqué pour montrer que j'avais travaillé dur sur cette page…"

R détourne le regard et appuie sur ses tempes avant de pousser un long soupir. L'odeur de la Sueur du sommeil de la psyché est encore présente dans son haleine. Le sceau est en forme de fleur au milieu de laquelle un "Bien" est écrit dans le syllabaire hiragana.

"Ecoutez-moi."

R qui a croisé les bras tourne à nouveau son regard vers moi et se penche profondément vers l'avant. La moitié supérieure de son corps s'approche brusquement et mon cœur commence à s'affoler.

"Que faites-vous en vous attribuant vous-même un bon point ? Votre récompense c'est le lecteur. Le lecteur qui daigne lire votre roman, c'est tout."

Il ne me reste plus qu'à acquiescer en silence.

"Permettez-moi de vous le confisquer."

Le cahier glisse subrepticement dans le porte-documents rempli à ras bord où il ne semble pas y avoir de place, sa forme disparaissant à mes yeux.

"Pourrais-je en avoir un autre ?"

Il a soulevé sa tasse.

"Oui, bien sûr."

Je me lève précipitamment. Finalement il n'a rien dit à propos du contenu de mon roman.

Pendant que R remplit mon dossier, je peux observer son visage sans me gêner. Non seulement les papiers administratifs, quels qu'ils soient, sont détaillés et ennuyeux, mais en plus il est consciencieux et chaque fois la tâche nécessite plus de temps que prévu. De l'heure de la visite au temps qu'il fait, l'état de l'appartement (des sacs-poubelles qui traînent ? de la vaisselle sale dans l'évier ?), la tenue de la personne visitée, son degré de maquillage, le ton de sa voix, le carnet de dépenses, les factures, jusqu'à l'intérieur du réfrigérateur, tout est répertorié.

De temps à autre, je me demande avec curiosité à quoi ça sert de vérifier tout cela, mais je ne dis rien. Je me raisonne en me disant que puisqu'il est chargé de l'amélioration de la vie, c'est normal qu'il s'occupe de l'ensemble de ma vie. A partir de combien de réponses positives à toutes ces questions ne viendra-t-il plus ? Cela me préoccupe.

Je prends à nouveau la résolution de me contraindre à suffisamment de réponses positives, mais sans trop l'émerveiller non plus, afin qu'il continue à venir le plus longtemps possible me rendre visite.

Son oreille gauche est ourlée beaucoup plus profondément que celle de droite. Au creux de la spirale se détachent des pellicules. L'annulaire de sa main droite est marqué de petites peaux mordillées. Au bord de ses lèvres est restée collée une feuille de Sueur du sommeil de la psyché. A l'instant où il trace le rond du bon résultat, sa pomme d'Adam se soulève…

J'ai encore fait une découverte. J'ai envie de me vanter de ce qu'aucune des autres personnes visitées ne l'a encore faite, mais mon moi adulte apparaît aussitôt qui me dit que non, je ne dois pas m'enorgueillir. Alors qu'il est observé du pavillon de l'oreille jusqu'à sa pomme d'Adam, R ne s'aperçoit de rien et s'applique à compléter intégralement le document.

"Bon, alors ici."

Mon sceau est requis au bas du questionnaire. En réalité, je devrais en examiner minutieusement le contenu et demander à corriger les erreurs, mais il n'y a pas de raison pour que je puisse élever une quelconque objection : je me contente de laisser flotter mon regard sur la feuille et d'y apposer mon sceau sans en avoir vérifié un seul mot. Bien sûr, il ne s'agit pas du tampon en forme de fleur réservé au cahier d'écolier, mais du sceau traditionnel gravé à mon nom.

J'aime regarder mon nom accolé à celui de R. Son sceau est légèrement plus imposant que le mien, il est aussi beaucoup plus imprégné de pâte de cinabre et ne présente aucune bavure. Au contraire, le mien offre des irrégularités de couleur comme s'il montrait son humanité, le contour tremble comme s'il manquait de confiance en soi, et en plus il penche. Mon sceau ressemble à quelqu'un de disgracieux qui aurait trébuché et, tête basse, serait incapable de se redresser.

Pourtant nous sommes l'un à côté de l'autre. Tout en bas du compte rendu d'enquête concernant l'amélioration de la vie, deux ronds rouges se tiennent serrés l'un contre l'autre. Rien ne s'immisce entre eux pour les séparer.

"Bien."

Après avoir constaté que la pâte de cinabre est sèche, R glisse le papier dans l'enveloppe en prenant soin de ne pas le froisser et la referme en enroulant le ruban marron en forme de huit. Et je la regarde en retenant mon souffle disparaître comme mon cahier à l'intérieur de son porte-documents. J'attends ce qui va se produire ensuite avec autant de loyauté que si j'étais persuadée que tout serait gâché si je prononçais imprudemment des mots ou remuais un endroit quelconque de mon corps.

"Comme ça c'est parfait."

Il se frotte les mains, satisfait de ce que ce mois-ci encore il a pu sans problème inscrire un nombre approprié de bons points et apposer son sceau de couleur vive.

"Bien, alors je commence ?"

J'acquiesce toujours en silence. Il tend la main vers l'étui de sa trompette.

En principe, sans doute que pour un employé du service municipal d'amélioration de la vie, jouer de la trompette chez la personne à qui il rend visite est considéré comme allant à l'encontre de la réglementation du travail, mais R, qui est rigoureux en tout, je ne sais pourquoi sur ce point seulement se comporte avec souplesse. Cela a commencé par hasard, lorsqu'un jour qu'il devait déposer son instrument quelque part pour le faire réparer, il l'a apporté avec lui : je lui ai alors demandé s'il pouvait en jouer un peu pour moi. Depuis, à chaque visite, après avoir rempli les papiers, il a pris l'habitude de me jouer un morceau.

Moi qui n'arrive jamais à exprimer ce que j'ai à dire, et qui au contraire, lorsque j'ouvre enfin la bouche, ne dis que des choses que je ne devrais pas dire et qui font empirer la situation, à ce moment-là seulement et malgré moi je suis pleine d'admiration pour avoir laissé échapper cette fameuse réplique :

"Pourriez-vous en jouer un peu ?" lui ai-je demandé les yeux baissés, d'une voix à peine audible.

C'est la seule fois où j'ai pris l'initiative de lui demander quelque chose.

Au départ, je ne savais pas que cette boîte rectangulaire noire contenait une trompette. Un parallélépipède aux dimensions parfaites convenant à son caractère. D'un noir profond au point d'avoir l'impression que si l'on y touche les doigts en seront noircis. Il était discrètement allongé à ses pieds à la manière d'un cercueil de bébé.

"Le motif aujourd'hui c'est les crevettes *Spongicola venusia*", dit R en sortant sa trompette.

Il joue toujours les œuvres qu'il a composées lui-même, la plupart sur le thème des créatures marines.

"Quel genre de crevettes ?"

L'intérieur de la boîte est creusé d'une cavité qui suit le contour de la trompette.

"Connaissez-vous l'*Euplectella aspergillum*, une sorte d'éponge qui vit à mille mètres au fond des mers ?"

Je secoue docilement la tête.

"On l'appelle aussi panier de fleurs de Vénus, c'est un cylindre creux dont la paroi forme un treillis en fibre de verre.

— Du verre alors que c'est un être vivant ?

— Elle absorbe le silicium de l'eau de mer pour fabriquer son squelette."

Pendant ses explications, il fait tourner des pièces, vérifie la mobilité des pistons.

"Les *Spongicola venusia* logent dans le cylindre de l'euplectelle, c'est-à-dire à l'intérieur de son corps.

— Elles y entrent par inadvertance ?

— Non, de leur propre chef. Deux larves s'introduisent à travers la dentelle de verre de la paroi, se développent et bientôt deviennent plus grandes que le treillis. Elles passent leur vie ensemble prisonnières d'un cylindre de verre qui oscille au fond des mers.

— Oh…" Je laisse échapper un cri d'admiration. "Le mâle et la femelle ?

— Naturellement."

Sa trompette étant prête, R s'approche de la fenêtre d'un pas vif comme s'il s'avançait au milieu d'une scène.

"Bien, *L'Univers des Spongicola venusia*."

Après avoir annoncé le titre il commence à jouer.

Pour être franche, je ne l'écoute pratiquement pas. Le son de la trompette parvient à mon oreille mais je n'ai pas le loisir de le goûter comme une musique. Il semble que son genre de musique soit du jazz, et dire qu'il manie habilement la technique n'a pas de signification pour moi. La totalité de mon attention ne travaille qu'à le ressentir lui.

La petite pièce est aussitôt saturée du timbre de la trompette qui essaie de nous submerger. Je m'étais méprise en pensant qu'il s'agissait d'un instrument plein de bravoure, son jeu est beaucoup plus souple et brillant. Alors que l'instrument interprète ainsi toutes sortes de sons, il n'utilise que trois doigts de sa main droite. Les sept autres doigts se contentent de les soutenir sans chercher à se faire remarquer.

Dans le soleil déclinant qui éclaire son dos, sa veste et la teinte argentée de l'instrument commencent à se colorer. Quand il souffle dans sa trompette, R paraît plus grand. Ses joues se gonflent, ses lèvres sont collées à la petite embouchure, son regard porte loin. Son corps ne se met pas du tout en avant. Ne se déplacent avec discrétion que les endroits nécessaires à produire un son.

Quel instrument parfait, si l'on demandait une illustration de la perfection du monde, il suffirait de présenter une trompette, me dis-je chaque fois avec ravissement. L'union des courbes et des droites, l'harmonie entre la hardiesse et la finesse, la fusion entre le métal et les poumons, tout est irréprochable.

Je réfléchis à l'*Euplectella aspergillum*, à la *Spongicola venusia*. Sur la terre aride au fond des mers est enracinée l'*Euplectella aspergillum*. Son corps cylindrique oscille au gré du courant. Les fibres de verre formées uniquement à partir de l'eau de mer sont très fines, et tout en se combinant l'une à l'autre avec régularité, elles révèlent des motifs ressemblant à de la dentelle, à une structure osseuse. Alors que le soleil est censé se trouver très loin, la légère clarté des fils de verre opalescents offre aux ténèbres un peu de tiédeur.

Au tour du couple de *Spongicola venusia*. Bien décidé à s'enfermer pour toute la vie au sein du petit cylindre qui ne cesse d'osciller dans la vaste mer. Petit à petit leur corps grandit et ils attendent le cœur tranquille le moment où ils ne pourront plus traverser le treillis de fibre de verre. Ils trouvent dans les entrailles de la créature marine un univers pour eux seuls où ils n'ont besoin de rien d'autre.

Par vagues le morceau prend de l'ampleur. Maintenant, moi et R sommes sur le point d'être totalement enveloppés dans un voile sonore. Le treillis de sons nous cerne avec douceur de la tête aux pieds.

Ah, je réalise que nous sommes blottis à l'intérieur de la trompette comme les *Spongicola venusia*. Tous les deux ensemble, épaule contre épaule, pour ne pas être découverts par les autres personnes visitées ni par les employés municipaux, nous nous dissimulons dans le pavillon de la trompette. La lumière qui transparaît vaguement, ce que l'œil voit et qui oscille, le monde extérieur qui s'éloigne, tout est comme l'*Euplectella aspergillum*. L'intérieur de la trompette est tiède de la salive de R. au point que l'on en oublie la profondeur des mers. L'air qu'il souffle ébouriffe mes cheveux. Nous flottons sur un océan de sons. Je ferme les yeux et relâche toute la force de mon corps. Je baigne dans la salive de R. Comme rivée à la chaise de mon bureau, comme l'enveloppe bien fermée contenant le dossier, comme la psyché à la sueur nocturne dans sa chrysalide, je reste immobile blottie à l'intérieur de R.

"Je vous remercie infiniment pour aujourd'hui.

— Je reviendrai le mois prochain voir comment ça va.

— Oui, je compte sur vous."

Nous échangeons poliment des salutations dans l'entrée.

Il repart dans le soir. Sa main droite et le porte-documents, sa main gauche et l'étui à trompette, et son dos. Tout s'éloigne dans le soleil couchant, bientôt je ne distingue plus rien, tout a fini par disparaître.

Je n'en finis plus de fixer le point où il a disparu. La nuit a beau tomber, le vent froid tourbillonner, le voisin qui rentre du travail me regarder d'un air suspicieux, je ne me décourage pas. Il suffit que je rassemble de toutes mes forces les sons qui s'attardent au creux de mes oreilles pour les tisser en forme de cylindre, et je ne ressentirai plus ni le froid ni la peur.

(Manuscrit zéro)

Un jour de décembre (mercredi)

Je reçois la notification de l'Association des cœurs simples autorisant mon inscription, accompagnée du badge de membre. Cela fait plusieurs mois que je l'ai sollicitée et j'avais à moitié renoncé, si bien que cela m'étonne :

"Madame,
Monsieur,
Nous espérons que tout va bien pour vous en ce moment. En ce qui concerne votre demande que nous avons examinée avec beaucoup d'attention, nous avons décidé de vous accepter au sein de notre association. Recevez toutes nos félicitations. Nous sommes très heureux de vous compter parmi les nôtres. Comme vous avez pu le constater d'après tout le temps qui a été nécessaire à l'examen, notre association n'est pas vraiment disposée à augmenter le nombre de ses membres. Par ailleurs, nous ne nous basons pas uniquement sur le critère de simplicité. Si c'était le cas nous nous contenterions de consulter le livret d'épargne. Mais ce que nous cherchons à atteindre, pour citer quelques exemples, c'est la légèreté du cadavre d'un ascète mort d'inanition. La résolution du vieil arbre qui s'écroule seul, à l'insu de tous par une nuit sans vent. Une mort telle qu'à l'instant du dernier soupir la matière organique se décompose et que

seule l'âme soit recueillie en creux. Nous espérons de tout cœur que vous pourrez nous accompagner dans cette voie. Enfin, nous vous souhaitons le meilleur pour vos activités et votre santé. Ces quelques lignes ci-dessus ont été rédigées à la hâte pour vous informer au plus vite.

Post-scriptum : Nous joignons dans cette enveloppe les statuts de l'association et le badge de sociétaire.

Cordialement,

Secrétariat de l'Association
des cœurs simples."

STATUTS

Article 1. – Le nom officiel de cette association est l'*Association des cœurs simples.*
Article 2. – Aucune cotisation n'est perçue.
Article 3. – Aucun président, vice-président ni trésorier n'est désigné.
Article 4. – L'activité principale de l'association consiste en une réunion ordinaire tous les quatre mois assortie de la publication d'un bulletin.
Article 5. – Les sociétaires s'engagent à porter constamment leur badge de membre, à le toucher et à le regarder d'un cœur plein d'amour et de partage avec les autres membres.

C'est tout.

Le badge rond de la couleur du laiton, d'un centimètre de diamètre, est gravé d'une mouffette. Les rayures blanches sur le dos, la queue touffue et même les moustaches pointues sont délicatement ciselées. La queue fièrement dressée, les yeux écarquillés, on dirait qu'elle est sur le point d'activer ses glandes anales.

(Manuscrit quatre feuillets)

Un jour de janvier (mardi)

J'ai reçu un coup de téléphone du secrétariat de la salle des réunions publiques me demandant d'intervenir comme conférencière pour le cours des grandes lignes et comme d'habitude j'ai accepté. Le cours des grandes lignes est l'un de ceux qui sont proposés au public, mais il ne paraît pas avoir autant de succès que la peinture à l'encre de Chine, la broderie française ou le taï-chi-chuan, et il a lieu de manière irrégulière sur le rythme nonchalant d'une fois tous les quatre ou six mois. Chaque fois, l'assistance n'atteint pas dix personnes.

Ce cours traite des œuvres littéraires anciennes et modernes orientales et occidentales, dont en principe on suit les grandes lignes en faisant l'analyse et la critique du contenu. Mais je m'écarte des intentions de la salle des réunions publiques, car je me contente d'en rédiger les grandes lignes. Et pendant le cours, je raconte uniquement l'histoire. Je ne fais ni l'analyse ni la critique.

C'est pourquoi, alors qu'il ne serait pas du tout étrange que je sois remerciée à n'importe quel moment, je ne sais comment le cours se poursuit tant bien que mal, modestement. Les gens qui veulent écouter mes grandes lignes viennent de nulle part se rassembler dans la salle des réunions publiques. Je ne suis pas conférencière mais simple responsable des grandes lignes. Je le suis depuis plus de vingt-cinq ans, c'est beaucoup plus long que ma carrière d'écrivain.

Au départ, j'ai commencé par un petit travail de lecture préliminaire au prix des débutants d'une revue littéraire. Mon travail, au plus bas de l'échelle, ne consistait pas à sélectionner les ouvrages présentés, mais pour chacun à y adjoindre un demi-feuillet de grandes lignes soit deux cents caractères. Il en arrivait de toutes sortes : les ouvrages pour lesquels il était évident dès la première ligne que ça n'allait pas, ceux qui ignoraient le règlement de participation, ceux qui étaient écrits aux crayons de vingt-quatre couleurs, ceux avec des cadeaux (photos, mouchoirs de dentelle, fleurs séchées, etc.) scellés par le sang ou reliés avec des cheveux humains… Mais je les traitais tous avec égalité. Qu'il y ait une forte ou faible possibilité de recevoir un prix n'était pas la question. Il suffisait de m'en tenir à l'obligation d'en écrire les grandes lignes en deux cents caractères.

Ce travail me convenait. Je pouvais même dire qu'il me plaisait. En comparaison des travaux divers effectués jusqu'alors qui m'avaient précipitée dans la honte et l'aversion de moi-même, rédiger des grandes lignes, dans la mesure où je respectais le délai imposé, je pouvais le faire même si j'étais maladroite, peu douée pour le calcul et rougissante. On ne me traitait plus de bonne à rien et je n'étais plus obligée d'adresser des courbettes et des flatteries à qui que ce soit. J'étais tout le temps en tête à tête avec les ouvrages.

J'ai tout de suite trouvé le truc. Si je lis en diagonale, je vois en transparence des feuillets la structure approximative de l'ensemble et le flot central, ainsi que l'aspect des cours secondaires qui en partent, allant s'élargissant. Dans le même temps se détache l'image d'ensemble des grandes lignes et je comprends vaguement où se trouve le point de départ et dans quelle direction aller. A ce moment-là, cela ne me dérange pas du tout que ce soit vague. Le plus important c'est de trouver les deux ou trois petits cailloux d'exception qui se cachent au fond du courant.

Même exceptionnels, ces petits cailloux ne scintillent pas comme des joyaux, ils sont plutôt moussus, discrets et foncés, dissimulés entre les herbes aquatiques, ou bien emportés par le courant, ils s'égarent en roulant dangereusement au fond de l'eau, alors il faut y faire attention. Eux-mêmes ne se rendent pas compte qu'ils constituent un précieux point d'appui du récit. Apparemment, ils se dissimulent dans des endroits sans rapport avec les grandes lignes. Les remarquer plus vite que tout le monde est le rôle de la personne qui écrit les grandes lignes.

La personne chargée de rédiger des grandes lignes plonge ses pieds dans le courant, s'accroupit doucement, ramasse les petits cailloux et les glisse dans sa poche. Grâce à quoi les grandes lignes sont pratiquement terminées. Dès lors que les petits cailloux ont été déposés parmi les deux cents caractères, le vague brouillard qui recouvrait l'endroit se lève d'un coup.

Les grandes lignes – comme son nom l'indique il s'agit de lignes –, si l'on ne se préoccupe que du flot continu, deviennent quelque chose de superficiel et peu intéressant. C'est pourquoi il faut absolument des points. Ce sont les petits cailloux qui, une fois jetés dans le flot, sont source de motifs inattendus.

J'étais douée pour trouver les petits cailloux. Le récit avait beau être inintéressant, s'il essayait de raconter quelque chose avec des mots il y avait forcément des petits cailloux. Torrents impétueux, chutes, brusques changements de cap, tourbillons, ces mécaniques spectaculaires n'étaient pas valables pour moi. Je me portais toujours au secours de ceux qui avaient été abandonnés dans un endroit sombre et froid, là où la lumière du jour ne parvenait pas.

Bientôt mes grandes lignes sont devenues un sujet de conversation sous-jacent entre éditeurs. Elles étaient précises, il n'y en avait ni trop ni trop peu, et tout en gardant une objectivité rigoureuse, ne manquaient pas de finesse. Coexistaient les vecteurs allant dans deux directions, celle de la concentration en deux cents caractères et celle de la dilatation vers deux cents caractères, et selon l'état d'esprit du lecteur elles évoluaient librement. Aucunement influencé par celui de l'ouvrage, le style en était d'une concision exemplaire. Et la lecture évoquait l'ensemble de l'ouvrage. Et sans évincer le récit pour se mettre en avant et se faire remarquer, elles avaient tout le discernement des grandes lignes agrafées en bordure de la couverture.

"Vos grandes lignes nous sont très utiles, vous savez", m'ont dit beaucoup d'éditeurs.

Certains me soufflaient à l'oreille qu'ils s'en contentaient et ne lisaient pas l'ouvrage original.

Dès lors j'ai travaillé comme responsable des grandes lignes pour beaucoup de prix de débutants. Alors qu'en réalité j'aurais dû rêver d'écrire un roman qui remporterait un prix de débutants et publier mon livre, un jour je m'étais aperçue que je ne faisais que lire les romans des autres, les aidant ainsi à faire leurs débuts. Bien sûr, entretemps moi aussi j'écrivais des romans, mais je n'y arrivais pas aussi bien qu'avec mes grandes lignes.

Pourquoi donc, alors que j'étais si douée pour écrire des grandes lignes, l'étais-je si peu pour écrire des romans ?

Ce doute ne cessait de me tourmenter. Une fois, n'ayant pas réussi à écrire une seule ligne de mon roman, j'en ai même composé d'abord les grandes lignes que j'ai agrafées ensuite à une feuille blanche. Je pensais qu'entraîné par les grandes lignes un bon roman allait peut-être voir le jour, mais le résultat n'a pas été à la hauteur de mes espérances. Inverser le processus à la légère n'était pas censé servir de *deus ex machina* à mon talent.

Il y avait aussi des moments où je me disais soudain qu'il valait peut-être mieux continuer à vivre indéfiniment en tant que responsable des grandes lignes. Plus j'honorais de commandes, plus mon habileté augmentait. Je n'hésitais plus, j'allais plus vite et dès que je commençais à écrire je le faisais d'une traite comme si je décalquais un modèle. Je connaissais uniquement par intuition la place des petits cailloux et en plus je ne tombais pratiquement jamais à côté.

Non seulement ça, car en plus l'ouvrage m'offrait les grandes lignes qu'il recherchait. Avant cela, je faisais des efforts pour les écrire en fonction des attentes du comité de lecture ou des éditeurs, mais dès que j'ai commencé à percevoir l'attente des ouvrages j'ai compris que c'était cela le plus important.

Tous les ouvrages aspiraient vivement aux grandes lignes qui leur convenait le mieux. Même ceux dont le destin – après avoir été refusés à la première sélection et débarrassés au fond d'un carton – était de n'être jamais lus une seconde fois avaient le droit de se voir adjoindre des grandes lignes correctes. Il leur était nécessaire d'avoir sur la couverture non pas quelque chose de superficiel tel que des grandes lignes de commodité, mais des grandes lignes révélant quelque chose proche d'un cristal recueilli au plus profond de l'œuvre.

Mais à partir d'un développement inattendu mon travail de responsable des grandes lignes s'est approché de la fin. A un moment donné elles ont fini par devenir plus intéressantes que les romans concernés.

"Quand on lit vos seules grandes lignes, on croit que c'est un chef-d'œuvre. C'est curieux, on dirait qu'elles ne correspondent pas. Et quand on est plusieurs fois désappointé, c'est forcément les grandes lignes que l'on blâme. Je suis désolé, n'est-ce pas. Vous voulez bien que cette fois-ci soit la dernière ?"

De mon point de vue, la raison du refus de l'éditeur était complètement déplacée. Mon intention n'était pas de montrer l'ouvrage sous un meilleur jour que nécessaire. Au contraire, me conformant avec docilité à la demande de l'œuvre je me contentais de rechercher l'existence de la résonance la plus intime. Alors où et de quelle manière m'étais-je trompée ? Plus j'essayais de m'en approcher, plus je ne sais pourquoi j'avais l'impression que les grandes lignes s'éloignaient du caractère intrinsèque de l'œuvre.

Une simple responsable des grandes lignes n'avait pas à discuter. Découragée j'ai baissé la tête en disant : "Je suis désolée. Je vous remercie pour tout ce temps", avant de raccrocher.

Quelques années après ma sortie de l'univers de la lecture préliminaire, les choses se sont à nouveau orientées vers une direction inattendue. Un jour, une longue lettre m'est parvenue d'un ancien éditeur qui avait atteint l'âge de la retraite : il me demandait si j'accepterais de me rendre chez l'écrivain Z.

A ce moment-là, cela faisait presque quarante ans que l'écrivain Z avait disparu de la scène publique, mais ses sept romans publiés en à peine dix ans d'activité d'écriture n'avaient pas perdu leur éclat d'autrefois. Il était donc encore vivant ? fut ma première surprise à la lecture de cette lettre. Parce que non seulement rien de nouveau n'était publié, mais il n'acceptait aucune interview, il n'y avait pas non plus de photos récentes de lui, et la rumeur s'était répandue qu'en réalité il était déjà mort.

"... Bien sûr, vous avez certainement lu les romans du professeur Z. Ils ont été comparés aux étoiles du Chariot de la constellation de la Grande Ourse, sept petits miracles qui font désormais partie de nos trésors de l'humanité. Si par hasard vous les aviez encore, prenez-les tout de suite. Sinon, dans les petites librairies de quartier comme dans les réserves des bibliothèques municipales, on trouve forcément les livres du professeur Z. Quand vous aurez lu les sept ouvrages, vous sera-t-il possible de vous déplacer jusque chez lui ? Je voudrais que vous lisiez devant lui vos grandes lignes de son œuvre.

C'est un souhait bien impoli, je vous prie de m'en excuser. Je connais parfaitement l'excellence de votre capacité à rassembler les grandes lignes et la force qui s'en dégage. Elles portent un nouvel éclairage sur le charme des romans en pointant ce qui les fait briller, vous êtes devenue une légende dans les milieux littéraires. En ce qui me concerne, je ne me mêle pas de ce qui ne me regarde pas, c'est le souhait personnel du professeur Z. Il a exprimé le désir de vous écouter. Les grandes lignes des romans qu'il a écrits, en fait.

Comme vous le savez, le professeur depuis plusieurs dizaines d'années n'a pas publié de nouveaux ouvrages. Les gens ordinaires n'ont absolument aucune idée de ce que représente une telle lacune pour un écrivain qui a du talent. C'est pourquoi je vous prie instamment de ne pas réfléchir plus qu'il ne faut et de bien vouloir répondre avec simplicité de cœur à la demande du professeur.

Il existe un dernier point qu'il faut absolument garder à l'esprit. Votre rencontre avec le professeur Z, ce que vous verrez ou entendrez à son domicile, tout cela doit rester entre nous, je compte sur vous…"

J'avais imaginé un village dans une vallée au fin fond des montagnes ou le sommet d'un col escarpé en bordure de mer, mais la maison du professeur Z se trouvait dans un endroit à peine à l'écart du centre-ville. On entrait dans un bois qui s'étendait au nord du jardin public, on marchait pendant un petit moment sur un chemin le long d'un canal, on traversait un petit pont de pierre et on se retrouvait devant un portail. Autour des piliers de briques s'entortillait un rosier de Lady Banks, dont les fleurs jaunes recouvraient tout avec élan : plaque, porte et sonnette d'entrée.

Du lundi au dimanche je devais lui présenter mes grandes lignes d'un roman par jour dans l'ordre de publication. Le premier jour, au moment où je me trouvais devant le portail, mes grandes lignes des sept romans étaient prêtes. Parce que contrairement à ceux que je rédigeais pour les prix des débutants, la longueur n'était pas déterminée, j'avais pu fixer en toute liberté la quantité de grandes lignes propres à chaque récit. Je les avais recopiées sur des feuillets standard pliés en quatre et glissés dans sept enveloppes différentes que j'apportais une par une.

Derrière mon acceptation de cette demande, je ne peux nier l'existence d'une certaine curiosité de ma part à l'idée de rencontrer ce professeur fantôme, mais il y avait quelque chose de beaucoup plus important : je voulais me mesurer à un roman qui n'avait pas concouru à un prix de débutant, à la valeur véritablement établie. Je voulais savoir ce que cela donnerait d'agrafer des grandes lignes à un chef-d'œuvre.

Mais il n'y eut aucun changement dans le processus de mon travail. Jeter un coup d'œil à l'ensemble, chercher les petits cailloux, les placer et recopier le motif qui s'en dégageait. C'est tout. Il ne m'était pas nécessaire d'utiliser une autre méthode sous prétexte qu'il s'agissait du professeur Z, et je n'avais pas non plus à faire trop attention, ce qui aurait bridé mon énergie d'origine.

Simplement, les grandes lignes terminées furent, comme on pouvait s'y attendre, exceptionnelles. Dans une dimension totalement différente de celles des quelques milliers que j'avais composées pour les lectures préliminaires. Au point que sur le moment je me suis extasiée, oubliant que c'était moi qui les avais écrites. Les cristaux dissimulés au plus profond des romans, dont l'existence était perceptible mais que personne – ni les éditeurs, ni les lecteurs, ni même l'auteur – n'avait jamais effleurés, avaient été extraits en silence. Sans rien forcer, sans rien perdre, sous une forme beaucoup plus belle que je ne l'aurais pensé. C'est ce que je ressentais.

Le salon était très sombre. Parce que la fenêtre en encorbellement qui donnait au sud était entièrement recouverte d'une passiflore et que juste en face un grand mimosa déployait sa ramure comme bon lui semblait, empêchant le soleil de pénétrer. Le sofa en cuir, le manteau de cheminée et le tapis étaient certainement d'excellente qualité, mais à cause de la pénombre, tout paraissait terne. Et mis à part les petits oiseaux qui faisaient murmurer le mimosa lorsqu'ils prenaient leur envol, il n'y avait pas un bruit.

"C'est gentil d'être venue de si loin. Vraiment je vous remercie."

Ce furent les premiers mots du professeur Z. Une cravate dans des tons apaisants, une chemise blanche avec des boutons de manchette, un foulard dépassant de sa poche de poitrine, il se tourna vers moi en s'inclinant profondément.

Même s'il était naturel pour lui, puisqu'il avait depuis longtemps dépassé les quatre-vingts ans, d'avoir perdu jusqu'à un certain point la silhouette élégante de l'unique photographie en circulation où il était âgé d'une trentaine d'années, ce qui me surprit le plus furent ses manières courtoises. Dès ses premières paroles je compris que le professeur n'était ni un entêté ni un misanthrope. Excentrique, fou, pervers, électron libre illuminé : toutes les rumeurs qui couraient sur son compte étaient mensongères. Il voulut bien me considérer avec un regard peut-être fragile mais empreint de bonté, amoureux des gens. Moi qui n'étais pas habituée à ce que l'on me montre une gentillesse de cet ordre, je perdis contenance, rougissante, incapable de le saluer correctement en retour.

"Je suis désolé de vous avoir demandé l'impossible.

— Mais pas du tout.

— Les visiteurs viennent rarement dans cette maison, vous savez. Je n'ai rien à leur offrir.

— Ce n'est pas grave, votre sollicitude n'est pas nécessaire.

— Je n'avais pas ouvert les rideaux de ce salon depuis six ans, vous savez.

— C'est un honneur pour moi.

— Je vous en prie, détendez-vous.

— Oui.

— Il n'est pas nécessaire d'être aussi cérémonieux, n'est-ce pas, pour des grandes lignes.

— Bien sûr.

— Mais quand même, c'est la première fois."

Le professeur avait l'air tout aussi tendu que moi. Ses lèvres desséchées étaient fendillées et qu'il s'agisse de ses doigts, ses genoux ou ses épaules, il y avait toujours un endroit de son corps qui tremblotait. Son dos rond plongé dans la pénombre formait une ligne continue avec le sofa duquel je n'arrivais pas à le distinguer.

"Eh bien, vous pouvez commencer quand vous voulez. A votre manière, comme bon vous semble."

Le professeur, le dos encore plus arrondi, me regardait sans ciller.

Non, je ne suis pas quelqu'un à qui vous pouvez vous adresser aussi gentiment, je suis simplement douée pour écrire des grandes lignes, je suis un être humain totalement inintéressant. Je vous en prie, professeur, redressez-vous et regardez-moi de haut, s'il vous plaît. Puisque c'est vous le principal intéressé qui avez écrit ces romans... aurais-je voulu lui dire. J'aurais voulu poser doucement ma main sur son épaule tremblotante.

"Bon, alors permettez-moi de commencer."

La seule chose que j'ai pu faire alors fut de sortir l'enveloppe de mon sac à main et déplier mes feuillets de manuscrit en faisant le moins de bruit possible.

J'ai lu mes grandes lignes à voix haute. En réalité j'aurais pu les réciter par cœur mais j'étais plus calme la tête penchée, les yeux baissés sur les feuillets. Un vague soleil tamisé par les feuillages vacillait à nos pieds.

Ma voix traversant en droite ligne la quiétude s'en allait, aspirée par le pavillon des oreilles du professeur. Même s'il s'agissait de ma première expérience, l'ampleur de la voix, le tempo convenable, la cadence, toutes ces choses je les comprenais d'instinct. Comme si au long de toutes ces années pendant lesquelles les romans du professeur n'avaient pas été publiés, je n'avais cessé de lire leurs grandes lignes. La cime du mimosa, les tiges sarmenteuses entortillées du rosier de Lady Banks, la pénombre qui baignait le salon, tout était attentif à ma voix.

Ma lecture faisait revivre différentes scènes du roman. La manière dont le vent soufflait, les aspects de la lumière, la forme des silhouettes humaines, la résonance des mots, tout cela se détachait nettement, avec beaucoup plus de fraîcheur que lorsque je tournais les pages d'un livre. On aurait dit que le roman libéré de la forme livre s'était transformé en une silhouette féerique évoluant au milieu des cristaux qui ponctuaient les grandes lignes. J'avais les yeux baissés sur les feuillets de manuscrit mais dans un coin de mon champ de vision se reflétait silencieusement le professeur. Retenant son souffle, il serrait fort l'extrémité de ses doigts tremblants. La question de savoir qui avait écrit ce roman était déjà loin, nous étions tous les deux entièrement pris par la vision de cette danse miroitant sur les cristaux. Au fond de la maison, comme dans la végétation qui s'étendait au-delà du mimosa, aucune présence humaine, nous étions vraiment seuls tous les deux. Serrés l'un contre l'autre comme un roman et ses grandes lignes agrafées à sa couverture.

"C'est tout."

J'ai replié les feuillets pour les glisser dans l'enveloppe que j'ai tendue au professeur.

"Je vous laisse ceci."

Après avoir fixé l'enveloppe pendant un moment comme s'il poursuivait l'image rémanente des grandes lignes, le professeur salua en silence et laissa échapper un long soupir.

"Vous acceptez de venir aussi demain, n'est-ce pas.

— Oui.

— C'est sûr que vous viendrez, hein.

— Bien sûr que oui.

— Parce que je vous attendrai, vous savez.

— Oui."

Le professeur Z avait insisté plusieurs fois. Et chaque fois j'avais acquiescé.

Le mardi puis le mercredi, au fur et à mesure que les jours passaient, je ne pouvais m'empêcher de regretter qu'il n'y ait que sept romans et de ne pouvoir écrire que sept grandes lignes. Plus que cinq, plus que quatre : il m'était difficile de compter les chiffres qui allaient en diminuant. J'étais dans un état comparable à celui d'une personne entravée d'une manière absurde par quelque chose d'inconnu.

Mais dissimulant mes sentiments personnels, je fis en sorte de me concentrer sur ma tâche de responsable des grandes lignes. Le processus ne changea jamais. Je me rendais chez le professeur en tout début d'après-midi, prenais place dans le salon et lisais mes grandes lignes à voix haute. C'est tout. Chaque fois le professeur me saluait poliment, s'excusait de ne pas me recevoir mieux et tendait l'oreille à mes grandes lignes. Le mimosa et le rosier de Lady Banks tamisaient de la même manière la lumière du jour. Jamais nous n'avons essayé de réduire la distance entre nous en parlant de la pluie et du beau temps ou en se posant mutuellement des questions sur notre enfance ou notre famille, nous conservions l'équilibre de la relation établie lors de notre première rencontre, et dans le même temps, nous partagions le sentiment chaleureux du roman.

Le dimanche, comme si nous refusions de reconnaître que c'était le dernier jour, j'ai lu les grandes lignes du septième roman à voix haute comme d'habitude. Simplement, je n'ai absolument pas pù éviter de lire avec plus de lenteur. Ralentissant le rythme d'une manière peu naturelle pour permettre aux cristaux du roman de briller de tous leurs feux au fil des lignes.

"Demain c'est terminé, n'est-ce pas", a dit le professeur Z lorsque je lui ai tendu la septième enveloppe.

Alors que la veille encore il avait tellement insisté pour savoir si je viendrais bien le lendemain, voici qu'au dernier jour il ne disait plus rien.

Non professeur, si vous voulez bien écrire un nouveau roman, je viendrai à votre convenance vous en apporter les grandes lignes, aurais-je voulu lui répondre, mais le voyant, les yeux baissés, profondément enfoncé sur le sofa, je n'ai rien pu dire.

"Si vous avez encore besoin de moi, quand vous le souhaitez…" fut le maximum de ce que je fus capable d'exprimer.

Les yeux toujours baissés, sans hocher ni secouer la tête, le professeur restait blotti. Son profil vaguement dilué était sur le point d'être aspiré tel quel dans la pénombre.

Nous sommes restés immobiles l'un en face de l'autre, les grandes lignes entre nous, un peu plus longtemps que la veille.

Je me demande de temps en temps pourquoi le professeur Z m'a demandé des grandes lignes. Bien sûr, je n'ai pas pu lui poser directement la question, et l'ancien éditeur qui a servi d'inter-médiaire ne m'a rien expliqué. Est-ce trop présomptueux de penser qu'en savourant la véritable silhouette des romans qu'il avait écrits, il voulait essayer de trouver le courage de se lancer dans une nouvelle œuvre ?

Mes grandes lignes n'ont pas cette force. Je le sais bien. Simplement, à fréquenter l'œuvre du professeur, j'ai bien compris que les excellents romans se trouvent aussitôt en harmonie avec leurs grandes lignes, créant un lien difficile à défaire. Dans le mouvement complètement inverse à celui des grandes lignes que j'avais écrites pour la sélection des prix de débutants et qui s'éloignaient rapidement des ouvrages sélectionnés. Mes grandes lignes écrites pour les sept romans du professeur formaient sept prismes. Je ne crois pas me tromper en disant cela. Et la lumière émise par ces prismes, la lumière que n'avaient pas perdu les mots écrits l'un après l'autre en des jours lointains par le professeur, avait miroité au fond de ses yeux vieillis.

La nouvelle de la mort du professeur se répandit environ deux mois après ma dernière visite. Il avait été découvert, tombé dans son jardin, par le releveur des compteurs de gaz. Le corps en partie décomposé à moitié recouvert par les tiges sarmenteuses du rosier de Lady Banks. Il paraît que les fleurs enroulées autour de lui étaient encore plus épanouies que les autres. Finalement la nouvelle œuvre du professeur ne fut jamais publiée.

En réalité, à ce moment-là j'aurais dû renoncer aussitôt à ma charge de responsable des grandes lignes, mais moi qui ronchonne pour tout, je n'ai pas changé : maintenant encore, si on me le demande, j'y vais. Si je sais que quelque part dans le monde quelqu'un demande des grandes lignes, je ne peux pas le laisser. Même s'ils ne sont pas nombreux, il existe forcément des gens qui ont toutes sortes de raisons d'en avoir besoin. Si pour ces gens mes petits efforts peuvent être utiles, je pense que c'est heureux.

"Oui, j'y vais. Si je vous conviens."

Je réponds ainsi au coup de téléphone du secrétariat de la salle des réunions publiques. Tout en rêvant que le professeur Z viendra peut-être se mêler discrètement à l'assistance.

(Manuscrit cinq feuillets)

Un jour de janvier (jeudi)

Je suis sortie pour la première fois avec mon badge mouffette. C'est le jour du cours des grandes lignes de la salle des réunions publiques.

Il faisait si froid qu'il y avait de la glace en bordure des rues et des flocons qui voltigeaient, mais afin que les gens que je croiserais puissent le voir accroché au revers de ma veste, j'ai déboutonné mon manteau et marché sans écharpe. La seule présence de ce petit badge accroché à ma poitrine me rendait solide et inébranlable. La mouffette est un signe de reconnaissance pour ceux qui me chercheront. Quand elle me révélera à leurs yeux ils ne pourront s'empêcher d'appuyer dessus pour essayer de la faire tourner. Je marche avec énergie en bombant la poitrine pour que ses glandes anales soient bien ouvertes.

C'est toujours la salle de réunions B. Une petite pièce à l'écart, où la climatisation n'est pas très efficace, attribuée en général aux cours qui n'ont pas beaucoup d'audience, mais moi j'aime bien cet endroit. Grâce à l'atmosphère stagnante, les grandes lignes qui tourbillonnent nous enveloppent et nous protègent en nous mettant à distance du monde extérieur afin qu'il ne nous dérange pas.

Aujourd'hui, six élèves ont assisté au cours. Certains visages me sont familiers, d'autres sont nouveaux. Assis sur des chaises tubulaires placées en demi-cercle ils sont prêts, le cours peut commencer à tout moment. Debout devant eux, j'annonce le nom de l'auteur et le titre des livres abordés ce jour-là avant de commencer aussitôt les premières grandes lignes. Se présenter, parler du temps qu'il fait, plaisanter ou bavarder, je n'ai recours à rien de tout cela. Diapositives, polycopies, tableau noir, background music non plus. Ecarter les fioritures superflues pour se concentrer uniquement sur le sujet en question, c'est ma façon de faire. Par conséquent, aucun élève ne prend de notes ni n'enregistre. Ils sont six face à moi et entre nous seules flottent les grandes lignes. Si quelqu'un ne connaissant pas la situation jetait un coup d'œil à la salle B, il se méprendrait sans doute en croyant qu'il s'agit d'une introduction à l'hypnotisme ou d'un séminaire de formation personnelle.

Jusqu'à présent j'ai abordé pas mal de livres. Romans bien sûr, mais aussi biographies, récits de voyages ou de lutte contre la maladie, journaux, contes pour enfants, recueils de poèmes, livres historiques… de genres très variés. Le choix des livres m'est laissé et leur association a beau être déséquilibrée (par exemple : *La Dame de Musashino* et *Alice au pays des merveilles* et *Virginia* ; ou une autre fois, *Le Sentier à l'écart* et *Le Train fou* et *La Porte étroite*) je n'ai pas à craindre d'objections. De la même façon que les livres qui au premier coup d'œil s'alignent sans principe sur un rayonnage sont liés entre eux d'une manière incompréhensible au regard de tiers, les grandes lignes, dès lors qu'elles sont placées les unes à côté des autres, partagent leurs secrets.

Parfois il m'est arrivé d'utiliser des petites pièces de seulement quelques pages qui se lisent en trois minutes. Des ouvrages tellement courts qu'ils n'ont aucun besoin de grandes lignes : il est beaucoup plus rapide de les lire en entier. Les grandes lignes de ces ouvrages, je mets au moins trente minutes à les raconter. Alors que sans y mêler d'informations étrangères au texte original ni insérer de réflexions personnelles, je les raconte en n'utilisant rien de plus que le matériau présent dans l'œuvre, je ne sais pourquoi, les grandes lignes sont plus longues que le texte. Par ailleurs, plus cette petite pièce est d'excellente qualité, plus les grandes lignes en sont enrichies. Il n'y a pas de règle établie disant que les grandes lignes doivent être plus courtes que le texte original, et dans de très rares cas il arrive que ce soit l'inverse. L'univers des grandes lignes est sans fond. Contrairement à ce que l'on pourrait croire, les grandes lignes plus longues que les textes originaux ont du succès auprès des élèves.

Une seule fois dans le passé il m'est arrivé de rédiger des grandes lignes à partir d'une œuvre imaginaire que j'avais inventée. Pas parce que j'avais des difficultés à choisir un livre et que j'avais été prise de court. J'avais seulement envie de déployer mon esprit aventureux qui me poussait à ce défi. Je ne sais pourquoi, alors que le texte en tant que tel n'existait pas, j'avais réussi à en écrire les grandes lignes. Même si ce n'était ni un vague roman que j'aurais souhaité entreprendre un jour, ni un recueil de souvenirs à base de fragments de rêves faits autrefois, c'étaient de pures grandes lignes pour les grandes lignes.

Aux élèves par commodité j'avais expliqué qu'il s'agissait d'une étude de Yasunari Kawabata qui ne se trouvait pas dans ses œuvres complètes et qui n'avait même pas été imprimée. Personne n'en avait douté. Simplement, au moment où j'avais terminé mon récit, j'avais été assaillie par une angoisse jamais éprouvée jusqu'alors, et mon aventure en était restée là. Parce que j'avais l'impression que finalement les grandes lignes qui en principe auraient dû se blottir contre le texte original dont il était presque impossible de les séparer, nées de l'égoïsme de mon imagination, vaguaient dans l'atmosphère à la recherche de leur compagnon qu'elles n'arrivaient pas à retrouver.

Maintenant encore, les nuits où je n'arrive pas à dormir, je me souviens de ces grandes lignes. Quelque part dans une ville que je ne connais pas, dans un placard poussiéreux, un tiroir fermé à clef, au fond d'un cabinet rouillé, dort un roman ignoré de tous. Aux pages jaunies, mangé par les vers, qui si on le touche imprudemment pourrait se désagréger, un roman triste et solitaire. Et si ces grandes lignes avaient été écrites pour ce roman-là ?

Dans quel but les élèves se déplacent-ils pour assister à ce cours de grandes lignes ? Il suffirait que je le leur demande, mais à voir leur sérieux ils me paraissent dans une situation telle qu'ils ne pourraient pas l'expliquer d'un mot, j'en suis sûre, et je finis toujours par laisser passer l'occasion de leur poser la question. Devant leur regard si pur parfois j'hésite, je suffoque, et il m'arrive de penser que ce serait plus facile s'ils venaient pour une raison stupide telle que se dispenser de lire un livre pour en faire un compte rendu. Mais j'ai du discernement. Ce n'est pas moi qu'ils regardent, c'est la littérature qui est à l'origine des grandes lignes que je leur raconte. Je ne suis qu'un simple tunnel.

Tous sans exception, tournés avec sérieux dans une seule direction, pour un but tenu secret dans leur cœur, avec une ferme volonté ils sont assis sur les chaises tubulaires de la salle B. Au point que pas un ne laisse échapper un bâillement ni un toussotement. Est-ce de la salle A ou de la salle C ? De l'accordéon, des claquements de mains qui battent la mesure et des rires s'échappent, qui aussitôt absorbés dans le calme profond de la salle B se propagent en anneaux concentriques allant disparaissant.

Ils sont six à poser avec précaution les pieds dans le tunnel. Il y fait sombre, l'air est froid, et l'on ne voit pas clairement jusqu'où il se poursuit ni à quelle hauteur se trouve la paroi, mais ils progressent pas à pas sans perdre courage. Parce qu'ils ont confiance en ma voix qui se répercute dans l'obscurité et veut bien les guider vers l'endroit juste.

Bientôt ils voient poindre la lumière au bout du tunnel. Le petit point lumineux grossit peu à peu, augmente en clarté, et à peine croient-ils voir arriver un rayon à leurs pieds qu'elle les transporte instantanément de l'autre côté du tunnel. Là se trouve l'univers du livre. L'endroit où l'on peut parvenir sans avoir à tourner les pages, en empruntant le tunnel spécial des grandes lignes. Ce qu'ils éprouvent à cet endroit je ne peux le détecter. Pour ne pas les déranger, j'attends sans bouger de ce côté-ci du tunnel.

"C'est tout."

Après avoir pris bien mon temps jusqu'à ce qu'ils soient satisfaits, je leur annonce la fin des grandes lignes. Certains poussent un soupir, d'autres ont fermé les yeux ou posé leurs mains sur leur poitrine, chacun ayant sa manière de quitter le *Pays des merveilles*, *Le Sentier à l'écart* ou *La Porte étroite* pour revenir dans la salle B. Appuyés contre le dossier de leur chaise, ils ont tous l'air d'avoir effectué un long voyage.

"Professeur, c'est quand la prochaine fois ?"

L'un d'eux a levé timidement la main pour me poser la question avec retenue.

"Rien n'est encore décidé. Renseignez-vous auprès du bureau."

J'ai répondu en remettant en place mon badge mouffette qui s'est retrouvé à l'envers au cours de mon récit.

"La prochaine fois aussi, c'est vous professeur qui voudrez bien le faire n'est-ce pas ? demande quelqu'un d'autre.

— Eh bien, je ne sais pas…"

Je donne une réponse évasive.

"Oh oui, s'il vous plaît."

Avec un vague sourire qui ne veut dire ni oui ni non, je m'incline pour les saluer et je laisse la salle B derrière moi. La porte se referme comme si elle barrait l'entrée du tunnel.

En revenant de la salle des réunions publiques, je passe par l'hôpital de la Croix-Rouge rendre visite à J. C'est une élève du cours de grandes lignes depuis sa création, elle a toujours été assidue, mais sa maladie s'est aggravée et depuis la fois précédente elle ne peut faire autrement que d'être absente. J est une femme de quarante-cinq ans qui a travaillé dans une célèbre salle de concerts. Et c'est aussi la seule élève dont je ne connais pas la raison de sa fréquentation du cours.

J à l'origine était une tourneuse de pages de partitions compétente. Mais un jour, au cours de la prestation d'un violoniste mondialement connu, elle a manqué le moment de tourner une page de la partition de la pianiste qui l'accompagnait, et c'est ainsi qu'on lui a découvert une tumeur au cerveau. En faisant une faute qu'elle n'était pas censée faire, elle s'est rendu compte qu'il y avait dans son corps quelque chose d'anormal.

Finalement, du fait de cette tumeur que l'opération n'a pu réséquer, son champ de vision s'est rétréci, il y a eu également des conséquences sur sa faculté à se mouvoir, et elle a fini par ne plus pouvoir travailler comme tourneuse de pages. Néanmoins, pour soutenir sa vieille maman vivant seule avec elle, J a continué à effectuer de petits travaux dans la salle de concerts.

La première fois qu'elle est venue au cours des grandes lignes, on venait de lui apprendre qu'elle n'avait plus que six mois à vivre. Mes grandes lignes lui étaient nécessaires afin de pouvoir être en contact avec le plus de livres possible pendant le temps qui lui restait à vivre.

"Bonsoir."

Percevant ma voix, J tourne la tête dans ma direction, mais son regard incertain flotte dans l'espace. Ses yeux paraissent ne plus voir.

"Ah, professeur."

Sa voix est discontinue et sans approcher mon oreille de sa bouche je n'aurais pas bien entendu.

"Je reviens du cours. C'est pourquoi mes mains sont froides, je suis désolée."

C'est ce que je lui dis en caressant ses cheveux. L'extrémité de mes doigts effleure très légèrement la cicatrice de son opération.

"C'est gentil, de venir exprès…

— Ma mère est hospitalisée dans l'aile ouest de cet hôpital, alors je ne viens pas exprès. Ne vous faites pas de souci."

La chambre pour deux est très exiguë. J'enlève mon manteau que je dépose sur le montant du lit et je tire le rideau de séparation. Sur le lit voisin une vieille femme est plongée dans un sommeil profond.

"Bon, je suis prête. Je peux commencer quand vous voulez. Quel livre allons-nous prendre ?

— Eh, ah, aaah…"

Ne s'échappent de sa bouche tremblante que des expirations inaudibles. Au bord de ses lèvres des morceaux de peau fine ont durci, blancs comme du sucre glace. En même temps que ses lèvres, ses globes oculaires à leur tour vacillent dangereusement.

"Ça va aller. Vous avez tout le temps de réfléchir."

Il existe encore beaucoup trop de livres qu'elle voudrait lire, elle hésite et avec ses yeux qui ne voient plus, cherche celui qui sera peut-être le dernier, je comprends.

"N'importe lequel cela ne me fait rien. Inutile de vous sentir gênée. Dès que j'entends le titre j'en raconte les grandes lignes. J'actionne mes nerfs réflexes réservés aux grandes lignes. C'est cela le travail d'une responsable des grandes lignes. Quand on tourne la page d'une partition dans un court intervalle de musique, ce doit être pareil, j'en suis sûre."

Le regard de J se pose enfin sur moi, et elle m'adresse deux ou trois battements de cils. Son corps dont tout élément superflu a été enlevé au point qu'il en émane une certaine fraîcheur est simplement allongé bien droit.

"*Nuit et…*"

Sa voix faible mêlée à son expiration est parvenue à mon oreille.

"*… brouillard…*"

Après voir annoncé ce court titre, elle ferme les yeux comme si elle était soulagée. Ses lèvres et ses globes oculaires ne tremblent plus. Le calme a envahi son corps.

"*Nuit et brouillard* de Frankl, n'est-ce pas ? Oui, c'est entendu. C'est un choix magnifique. Comme livre à lire par une soirée froide comme aujourd'hui."

Les ténèbres de la nuit qui s'étendent derrière la fenêtre semblent se refléter doucement sur le rideau. Le souffle léger et régulier de la vieille dame m'apaise. Tout en faisant en sorte que chaque mot s'immerge dans la fraîcheur calme qui émane de J, je commence à raconter.

A son retour des camps de concentration noyés dans la brume, J ouvre vaguement les yeux, avec la même expression de voyageur que celle des élèves qui viennent au cours de grandes lignes. Je caresse à nouveau ses cheveux comme pour lisser sa coiffure ébouriffée par la traversée du tunnel. Mes mains se sont réchauffées le temps de mon récit.

"Eh bien, reposez-vous tranquillement."

Elle sort sa main droite de la couverture comme si elle voulait me dire quelque chose.

"Tout va bien. Ne vous forcez pas à parler."

Ses cinq doigts imprégnés d'un pigment terne nuancé de violet sont rêches et secs, tout tordus et déformés.

"Je reviendrai, lui dis-je en les prenant entre mes mains. Je suis toujours là pour les grandes lignes."

Quelqu'un passe en courant à petits pas dans le couloir. La vieille dame dort toujours. La couleur de l'obscurité qui se reflète sur le rideau est devenue plus dense, le calme de J qui a absorbé les grandes lignes de *Nuit et brouillard* devient de plus en plus limpide en profondeur. J'approche de mon cœur les doigts de J que je tiens toujours entre mes mains.

A ce moment-là, je me rends compte de la présence du petit flacon d'huile d'olive à son chevet. Celui qu'elle emportait toujours avec elle pour en imprégner le bout de ses doigts afin de pouvoir tourner rapidement et avec précision les pages des partitions.

Je débouche le flacon, prends de l'huile sur mes mains, et j'entreprends d'en oindre l'extrémité de ses doigts. Quand je les touche, sous le pigment terne ressort la jolie couleur de sa peau. Le pouce et l'index qui entraient directement en contact avec la partition, je les frotte avec encore plus d'application, de l'extrémité de l'ongle vers les phalanges. Ils ont beau être tordus, leur chair bien tendre a une adorable rondeur. Ils pouvaient se trouver en présence d'un grand nombre de spectateurs on ne les remarquait pas, à l'ombre de l'instrument échappant aux spotlights, et tout en me remémorant les partitions dont ces extrémités de doigts si fragiles n'ont cessé de tourner les pages en silence, je serre la main de J.

"Bon, je vous souhaite une bonne nuit."

J lâche soudain ma main et, pointant son index, effleure le badge mouffette accroché à mon encolure. Son index que je viens d'enduire d'huile d'olive y laisse une trace brillante.

"Oui, la responsable des grandes lignes est ici. Tout près de vous", dis-je lorsque je sens l'index de J sur ma clavicule.

Après avoir quitté la chambre de J, je suis passée par l'aile ouest de l'hôpital rendre visite à ma mère. Comme elle dormait, je ne lui ai pas parlé.

Découvrant une de ses chaussures à l'envers sous son lit, je les remets correctement en place. Elles sont glacées. Je comprends que c'est parce que ma mère ne les a pas portées depuis longtemps. Presque inconsciemment, je m'amuse à détacher et rattacher les scratch. Cela fait un bruit déchirant, désagréable à l'oreille, mais qui ne réveille pas ma mère.

Je quitte l'hôpital avec à la main un sac en papier plein de choses à laver : chemises de nuit,

sous-vêtements, serviettes. Au retour, si j'ai boutonné entièrement mon manteau, ce n'est pas
parce que quand il fait nuit le froid est encore plus
intense, mais pour éviter que la tiédeur de J qui
reste sur mon badge ne disparaisse.

(Manuscrit zéro)

Un jour de février (mercredi)

En pleine nuit, un fax arrive de la rédaction. Demain bon à tirer des épreuves d'imprimerie. Au sujet des coussinets des loutres. Le réviseur qui en est chargé est excellent et persévérant, et ne connaît pas le compromis. Homme ou femme, jeune ou vieux, maigre ou gros, soprano ou basse, cheveux bouclés ou cheveux raides ? Ne l'ayant jamais rencontré, je n'en sais rien. Simplement, quand je vois le trait aisé tiré à partir des endroits qui présentent un doute, la courbe régulière d'un point d'interrogation ou la belle écriture digne de figurer dans un manuel de calligraphie à la plume, il est clair que c'est quelqu'un pour qui il n'y a pas d'objection à faire. Il suffit de suivre ce réviseur pour que tout aille bien, c'est ce que dégage cette personne.

Tout récemment encore, à propos du passage : "… J'ai enfourché le tricycle et elle a tiré sur la corde accrochée à l'axe de la roue…" il m'a poussée dans mes retranchements. Si l'on attache une corde à l'axe d'une roue, en même temps qu'elle avance, la corde s'enroule et on ne peut plus tirer, a été sa remarque. Exposant la formule mathématique de la relation entre une roue qui tourne et la force horizontale, lui faisant correspondre mon poids (qu'il a estimé à cinquante kilos) et la force du bras de la petite fille, il a pointé la contradiction.

A côté, il avait même dessiné un tricycle. Grâce à quoi, il a été clairement établi que le réviseur est également doué pour le dessin. Le tricycle était en tous points conforme au modèle simple fait seulement de barres métalliques assemblées sur lequel je montais autrefois dans mon enfance. J'ai presque eu l'impression de ressentir la dureté de la selle et même l'odeur de caoutchouc des poignées.

Finalement, j'ai décidé d'accrocher la corde au guidon.

"OK ?

— OK."

Jusqu'à présent nous avons je ne sais combien de fois échangé ces signes, le réviseur et moi. Au sujet de la manière de nouer la corde, pour connaître la différence entre tour, contour et pourtour, payer et acquitter, se rendre compte et s'apercevoir, entre scotch et ruban adhésif, nous nous sommes entendus en échangeant toutes sortes de OK.

Cette fois-ci, il s'agissait des pelotes de loutres. Les descriptions étant peu probantes, si on en restait là il existait une possibilité d'aller à l'encontre de la vérité, m'avait-il dit.

"Tout d'abord, je crois qu'il est préférable de définir correctement la structure du coussinet."

Après avoir écrit cela de son élégante écriture habituelle, il poursuivait avec ses belles illustrations l'explication des différentes pelotes (métacarpiennes, digitales, plantaires, palmaires, carpiennes). Le trait était d'une telle netteté que l'on avait du mal à croire qu'il s'agissait d'un fax. Il faisait ressortir l'aspect rebondi et luisant des pelotes.

"Ensuite, le problème c'est la loutre qui apparaît ici, on ne sait pas à quel genre elle appartient. Parce que selon le genre auquel la loutre appartient, bien sûr, le dessin des pelotes diffère."

Le fax ne donnait pas signe de vouloir s'arrêter. Les images de pelotes arrivaient l'une après l'autre. Loutre à petites griffes, loutre d'Eurasie, loutre du Canada, loutre des mers du Sud, loutre du Cap sans griffes, loutre velours indienne, loutre géante sud-américaine… Comme documentation : loris lent, lynx du Bengale, civette palmée masquée, ours malais, lièvre sauteur, oryctérope, okapi… Le bruit sec du syllabaire katakana pour les mots étrangers flottait dans la pièce tranquille. Les feuilles qui sortaient du fax tombaient l'une après l'autre sur le sol. Les coussinets d'habitude invisibles puisqu'ils adhéraient au sol avaient l'air ébahi de celui qui se demande pourquoi il se retrouve ainsi exposé, mais ils s'alignaient sagement sans rechigner.

J'ai pris une feuille pour frotter ma joue contre une pelote. Le contenu qui donnait l'impression de me boucher les yeux m'a transmis une profonde sensation de douceur venue de nulle part.

Je pense au réviseur. Nous ne nous rencontrerons sans doute jamais de notre vie, mais cela ne fait aucun doute, je sens que nous sommes liés. Je sais que dans ce vaste monde, maintenant, nous sommes seuls tous les deux à nous torturer les méninges au sujet des coussinets de loutres.

(Manuscrit zéro)

Un jour de mars (lundi)

Devant la gare je prends l'autobus circulaire pour me rendre au Santé Super Land. Au fur et à mesure qu'après la traversée de la nationale et le passage sous l'autoroute on progresse vers le sud, le paysage alentour prend l'air désolé et l'on commence à remarquer les entrepôts et les terrains vagues. Déjà plus personne ne descend, et personne n'attend l'autobus aux arrêts. Les passagers sont tous des vieillards emmitouflés assoupis au soleil qui traverse les vitres.

On dépasse une aciérie, un restaurant, un dépôt de bois. Une usine d'incinération d'ordures, un foyer pour joueurs célibataires d'une équipe professionnelle de base-ball, une école de voile qui a fait faillite. Bientôt la route arrive à la digue et tout en effectuant une large courbe change de direction, allant vers l'est. On aperçoit flottant sur la mer un bateau transporteur de gravier au-delà duquel on distingue vaguement l'horizon.

Quatre arrêts avant le terminus, au panneau marquant l'entrée du Santé Super Land, tout le monde descend puis l'autobus vide et son conducteur s'éloignent lentement le long de la digue vers d'autres arrêts aux noms inconnus qui l'attendent.

Le Santé Super Land ressemble à un bureau ou une école n'ayant rien de particulier. On dirait que les bâtiments dont la construction est de mauvaise qualité ont été rénovés à chaque changement de propriétaire, plusieurs canalisations sont alignées sur les murs, le matériau des toits est différent selon les parties construites à un ou deux étages et le revêtement des murs extérieurs curieusement plus épais par endroits. Seul l'imposant panneau est magnifique, les caractères ont une telle énergie qu'ils paraissent sur le point de déborder, Santé en rouge, Super en violet, Land en or. L'odeur de la vapeur qui s'échappe par un orifice d'évacuation et celle de la mer se mélangent en volutes qui s'élèvent au gré du vent.

Les vieillards qui sont descendus de l'autobus en même temps que moi entrent l'air habitué et pendant qu'ils paient à l'entrée, je reste un moment dans le hall devant le panneau d'information.

"Grand bain alimenté en continu par une source naturelle bicarbonatée – Baignoire en cyprès Bain sec – Bain babylonien – Bain aux herbes – Bain au lait maternel – Bain à la lymphe – Bain matriciel – Bain lacrymal –Bain au tonneau – Bain à l'entonnoir – Bain au pot – Bain tourbillon – Bain bouillon – Bain caresse – Bain syncope – Indications : *Katarrh* gastrique – entorses – torticolis – malnutrition – *Tricophytia superficialis* – végétations – crampe des écrivains – orgelet – hémorroïdes – troubles de la menstruation. Prêt de peignoir gratuit. Equipement pour toutes sortes de massages. Ouvert 24 h / 24. 7 j / 7."

Puisqu'il est manifestement impossible de tout conquérir en une demi-journée, je réfléchis pour savoir lesquels associer et par où commencer, mais j'ai beau lire le panneau trois fois de suite je n'arrive pas à établir un plan. Pendant que je traîne ainsi les vieillards qui sont passés à l'accueil ont dû se diriger vers les vestiaires à l'étage, car mes compagnons d'autobus ont tous disparu et le hall est désert. Est-ce que ce sera ainsi jusqu'à l'arrivée de l'autobus suivant ?

Mais en allant à l'étage j'aperçois un certain nombre de silhouettes : certaines somnolent sur des fauteuils de massage tandis que d'autres dans la salle de repos sirotent des laits aux fruits devant la télévision. Simplement, du fait qu'ils portent le même peignoir en tissu éponge, il est difficile de faire la différence entre les hommes et les femmes qui ressemblent tous à des créatures verdâtres un peu fiévreuses, aux pieds et aux mains gonflés d'humidité, errant ici ou là.

Le vert tirant sur le jaune des peignoirs est très original, jamais je n'ai rencontré un vêtement de cette couleur, qu'il s'agisse d'une chemise d'hôpital ou d'une tenue de gymnastique pour la crèche. Pourrait-on oser la comparer à celle d'un concombre flétri ? Bien sûr, certainement qu'au moment de l'inauguration ils étaient d'une couleur de concombre frais, mais avec les lessives successives la couleur est tombée par plaques, et les boucles du tissu éponge détendu par endroits leur donnent un aspect encore plus flétri.

A mon tour lorsque j'ai revêtu le peignoir je me suis aussitôt flétrie. D'où viennent-ils, ont-ils un endroit où aller ? Hommes ou femmes ? Jeunes ou vieux ? A l'image de ce peuple de vagabonds, pieds nus, je me suis mise à errer dans le Santé Super Land.

Dans un premier temps, j'ai décidé de commencer par le grand bain. C'est la première fois, et en plus je me retrouve seule dans un endroit où il faut se dénuder, si bien que je suis encore plus intimidée que d'habitude. Ne suis-je pas en train d'enfreindre d'une manière insensée les règles du savoir-vivre ? En étant par exemple sur le point de me laver les yeux avec le liquide désinfectant destiné au pédiluve ? Je suis inquiète. Pour choisir l'un des robinets alignés je suis également sur les nerfs. Sans mes lentilles que j'ai enlevées je n'y vois pas très bien : cette serviette posée sur le socle d'un robinet n'est-elle pas indubitablement le signe que l'endroit est déjà pris ? Ou alors les usagers qui sont habitués le savent tous : peut-être que celui que je viens de choisir par hasard est justement le préféré de la reine du Santé Super Land, et qu'il a été décidé que personne d'autre n'y toucherait.

Tout en le tournant avec précaution je regarde autour de moi. Pour le moment, chacun est occupé à se laver et personne ne semble regarder dans ma direction, mais toute imprudence m'est interdite. Il n'est pas exclu qu'ils guettent une occasion de me sanctionner et que dans leur cœur ils m'invectivent d'un :

"Ah ah, quelle idiote."

Je n'en mène pas large, m'attendant à ce que quelqu'un me tape sur l'épaule et m'interpelle :

"Dites donc, vous."

Je reste prête à m'éloigner de là au moindre signe. Pour écourter le plus possible le temps d'exposition au danger, je me lave et rince les cheveux puis le visage et le corps en toute hâte.

Une fois entrée dans le grand bain, j'ai un peu de marge. Bien sûr, j'immerge mon corps dans un coin à l'écart, mais l'endroit n'est pas aussi bien divisé que pour les robinets et je peux me déplacer quand je pressens que quelqu'un va bouger, alors je suis plus à l'aise.

L'eau est tiède et transparente. Le fond est recouvert d'une mosaïque aux couleurs variées et si je fais glisser mes plantes de pied, j'accroche par endroits le carrelage ébréché. Installée dans mon coin, je tends les jambes en tous sens pour essayer de faire le compte à ma manière du nombre d'éclats que je vais pouvoir trouver. Mes fesses finissent par déraper, je me retrouve dans l'eau jusqu'au nez et mes jambes trop tendues tirent sur mes tendons. Les douces ondulations que j'ai provoquées le long du bord se propagent jusqu'à l'autre côté. Comme pour effacer ces vagues, quelqu'un entre dans l'eau. Dans un jaillissement solennel extrêmement désagréable, son dos imposant progresse en se frayant un passage vers le centre. Je suis peut-être allée trop loin. Je me recroqueville à nouveau.

Nous sommes trois ou quatre dans le bain, six ou sept qui se lavent, dix dans les vestiaires, c'est à peu près tout ? La plupart sont plus âgés que moi. Excepté une petite fille d'environ huit ans amenée par sa grand-mère – que s'est-il passé pour l'école ? –, tout le monde est âgé. En plus ils sont tous très gros. Quand on est habillé on n'a pas vraiment le temps de se préoccuper de l'embonpoint d'autrui, mais quand on vient ainsi aux bains, on est captivé par ces chairs magnifiques, pourvues de particularités propres à chacune.

D'abord, c'est la poitrine qui s'impose. Celle-là est bien trop grosse. Et cette femme de profil qui se lave les cheveux : Qu'est-ce donc que le volume de ces seins qu'elle arbore ? Sans se soucier de l'intention de sa propriétaire, après avoir gonflé tout leur soûl d'une manière effrénée, ils finissent par ne plus pouvoir supporter leur propre poids, tandis que les cheveux pendent jusqu'au niveau du nombril. Il est absolument impensable qu'ils soient de la même espèce que les miens. Ils paraissent doux et souples mais dissimulent une dureté qui n'est certainement pas facile à gérer et les mamelons ont quelque part une expression boudeuse.

Ou encore la graisse autour du ventre. Chez cette vieille femme dont la poitrine est décharnée, seul le renflement du ventre se porte bien. Les genoux et les hanches tordus, elle garde merveilleusement l'équilibre en marchant vers les robinets une serviette à la main. Elle n'a besoin de personne. Comme les cernes d'un vieil arbre, les couches de graisse s'élancent majestueusement. Trace de césarienne ou cicatrice d'exérèse d'un organe interne, un trait de couture court en son centre, mais on le remarque à peine, tant l'existence de la graisse s'impose. La trace se contente d'apparaître et disparaître entre les replis.

Déjà le problème n'est plus de savoir ce qu'il y a sous cette graisse. Peut-être autrefois y a-t-il eu un bébé ? Ou alors un estomac qui a été réduit d'un tiers ou un rein resté seul. Mais ce que la vieille femme porte en son ventre c'est de la graisse et rien d'autre.

Derrière arrive en sautillant sa petite-fille de huit ans. Elle ressemble à un insecte peu après la mue, dont pour le moment le processus se serait péniblement arrêté, une libellule par exemple qui viendrait tout juste de déployer maladroitement ses ailes. Les bras frêles, les jambes instables se déplaçant dangereusement, le tout étant mouillé. L'humidité de l'époque où elle était nymphe et qui n'a pas encore séché.

J'ai beau concentrer mon regard, sur le corps de la fillette il n'y a pas le moindre signe avant-coureur de croissance effrénée de la poitrine ou d'âge inscrit sur le ventre. Elle ne s'aperçoit pas qu'il reste un peu de mousse au sommet de sa tête, alors que le visage illuminé elle pense au bain dans lequel elle va entrer.

Mes yeux se sont-ils habitués ? J'ai enfin découvert la structure totale du bain. Sur trois côtés à l'exception de celui, vitré, qui donne sur la mer, plusieurs portes de la même grandeur sont alignées qui donnent accès semble-t-il à toutes les sortes de bains annoncés sur le panneau. Les portes sont toutes de bois solide avec une vitre carrée vers le haut mais couverte de gouttelettes, de buée ou de suie, et l'on ne voit rien de ce qui se passe à l'intérieur. Le système est tel que lorsque quelqu'un sort, quelqu'un d'autre entre, si bien que ce ne doit pas être si grand. Sur la porte est accroché avec une chaînette un panneau où le nom du bain est tracé horizontalement.

Tout le monde prend la poignée à deux mains et met toutes sa force pour arriver à entrouvrir la porte et se glisser subrepticement à travers l'entre-bâillement. Dans ces conditions, on peut s'inquiéter de ce qu'une fois à l'intérieur on finisse par ne plus pouvoir ressortir, mais même les personnes assez âgées, secouant leur poitrine décharnée ou pliant encore plus leurs reins courbés s'y mesurent et parviennent jusqu'au bain tant convoité.

La personne qui était plongée dans l'eau à côté de moi entre dans le bain d'herbes médicinales. Une autre qui a terminé son shampooing, une serviette roulée autour de la tête, est debout devant le bain sec. Celle de tout à l'heure avec son énorme poitrine choisit le bain tourbillonnant. "Eh, pas le bain au lait maternel ?" murmuré-je. Je m'aperçois que la vieille femme a posé les mains sur la poignée du bain de caresses et je suis surprise. Mais c'est manifestement une habituée, car elle ne montre aucune hésitation. Bien au contraire, elle sait plus que tout autre comment manœuvrer la lourde porte. J'ai cru que sa petite-fille allait la suivre, mais sur la pointe des pieds elle vérifie plusieurs plaques l'une après l'autre avant de se décider pour une porte.

"Bain matriciel".

Non, ne croyez-vous pas que vous feriez mieux de renoncer au moins à celui-ci, petite demoiselle ? Il n'a pas l'air très intéressant et il me semble que vous vous y sentiriez à l'étroit. Comme une nymphe essayant de réintégrer sa chrysalide, maintenant que vos ailes se sont ouvertes, vous aurez beau souffrir vous ne réussirez pas à les replier. Et si vous insistez elles vont finir par se briser. Sa forme seule indique qu'il est certainement difficile d'y accéder, la porte est étroite, on ne peut pas imaginer sa profondeur et le liquide a certainement une drôle d'odeur. Il doit y avoir tout un tas d'autres portes plus convenables pour une jeune demoiselle. Tenez, le bain de larmes à côté qu'en pensez-vous ? Tiède, doux pour la peau, je suis sûre que vous ne vous en lasserez pas. Et il y a de l'émotion…

Sans chercher à tendre l'oreille à ma recommandation muette, la petite fille disparaît au fond du bain matriciel.

Quand je reprends mes esprits, il n'y a plus personne à part moi dans le bassin. A mon insu tout le monde a-t-il suivi quelque signal important pour se déplacer vers les différents bains ? A-t-on laissée toute seule l'idiote que je suis ? J'ai fait une tentative en levant les yeux vers le plafond puis en caressant le rebord du bassin mais cela n'a rien donné. Ne me sont parvenus que le bruit de cascade de la source chaude et celui des gouttes qui tombent régulièrement d'un peu partout, je n'ai rien trouvé ressemblant de près ou de loin à un signal.

Les portes alignées à intervalles réguliers, toutes hermétiquement fermées, sont plongées dans le silence et ne donnent pas l'impression que d'autres personnes vont les franchir. La vieille femme est-elle satisfaite de son bain caressant ? La petite fille a-t-elle réussi à s'immerger sans problème dans le bain matriciel ? Je suis un peu inquiète.

Malgré mon inquiétude je me sens soudain plus entreprenante, je remplis d'air mes poumons et plonge sous la surface. Je ne me suis penchée que de quelques dizaines de centimètres, mais la perspective changeant du tout au tout, les peignoirs de prêt couleur de concombre flétri, les robinets, la reine, les mamelons et les anneaux de graisse, tout s'éloigne hors de ma vue. Je m'aperçois que le carrelage représente un motif de tortue marine. Il est regrettable que juste à l'endroit des yeux les carreaux soient ébréchés, mais la petite queue et le nez pointu sont mignons, et les algues filamenteuses accrochées aux aspérités de la carapace ou aux nageoires représentées avec minutie. J'arrive tant bien que mal à rentrer mes fesses qui pointent et plonge encore plus profondément pour suivre la tortue marine à la brasse. Mes bras et mes jambes se meuvent avec plus d'aisance que je ne l'aurais pensé. Ma visibilité est excellente. Je vois parfaitement comment les petites bulles d'air que je recrache se cognent, éclatent et se recomposent. Cils, croûtes, ongles, cérumen, chassie, poils pubiens, corne… je me fraie un passage entre diverses choses flottantes pour essayer de toucher la carapace de la tortue. J'allais y arriver lorsque mon corps se retournant je bois la tasse et ma respiration devient douloureuse. L'eau du bain a un fort goût d'amertume. Tout en pensant que si je ne refais pas surface je vais m'arrêter de respirer, je n'arrive pas à balayer l'idée de vouloir serrer la tortue dans mes bras et me débats d'une manière disgracieuse. Les algues filamenteuses me chatouillent en frôlant ma nuque.

Je me rhabille dans le vestiaire, rends le peignoir à l'accueil, et c'est à peu près au moment où j'attends l'autobus du retour que je m'en aperçois. Elle a les yeux rivés sur moi.

Je ne sais pas si nous étions ensemble dans le grand bain, mais quand je m'en suis rendu compte soudain, elle était là. Tout en gardant ses distances pour ne pas entrer dans mon champ de vision, elle a les yeux rivés sur moi. En manteau bon marché et pantalon, une écharpe enroulée autour du cou, avec pour tout bagage un sac en patchwork accroché au bras. Ses cheveux courts et frisés paraissaient encore humides.

Je suis montée dans l'autobus, me suis assise sur un siège à l'avant et elle a pris place de l'autre côté du passage en biais derrière moi. Ce n'était manifestement pas parce qu'elle s'était préparée à rentrer en même temps que moi, et que par hasard notre chemin du retour était le même. Sa manière de passer à l'action avec un temps de retard, après avoir vérifié ce que je faisais, était très bizarre, mais surtout il m'était difficile d'ignorer son regard obstinément accroché à moi.

J'ai sorti mon porte-monnaie, j'ai fait le compte de ce que je devrais payer en descendant, et j'ai gardé les petites pièces dans ma main gauche. En baissant la tête, je voyais ses chaussures de toile. Les semelles de caoutchouc usées jusqu'à la corde, elles pointaient droit vers moi comme si ses ongles de pied s'apprêtaient à surgir d'un instant à l'autre. Les passagers étaient épars, personne ne parlait, derrière les vitres la nuit était tombée, on ne voyait ici ou là que quelques lumières faiblement allumées.

C'est bien ce que je pensais : j'ai sans doute fait quelque chose qu'il ne fallait pas faire dans le Santé Super Land. Et pour que l'on me poursuive jusqu'ici c'est très certainement une erreur grave et irréparable. Ai-je tourné un robinet interdit ? Ma façon de porter le peignoir de prêt est-elle inappropriée ? Ai-je ignoré le signal intimant de sortir du grand bain ? A moins que nager avec la tortue de mer ait été contraire au règlement ?

Dans ce cas est-elle la reine du Santé Super Land ? Non, pour cela elle manque de dignité. Il est difficile à croire que la reine inflige elle-même la sanction. Elle est maladroite. Bien trop maladroite dans sa technique pour ne pas se faire remarquer, telle une ombre visant sa cible à coup sûr. Elle est comme ça.

J'ai levé la tête et l'instant d'après j'ai croisé son regard dans le rétroviseur. Elle ne paraissait pas maquillée, ses cheveux pas tout à fait secs frisottaient et son écharpe se dénouait. Elle n'a pas détourné les yeux, n'a pas cillé non plus.

J'ai réfléchi à la nature du traitement qu'elle allait m'infliger. Je n'ai pas la volonté de m'y opposer, je me suis préparée à m'excuser docilement. C'est justement pourquoi, même si par hasard c'était irrémédiable, j'espérais que le souhait de la reine fût de ceux que je pouvais réaliser. L'autobus roulait vers le nord. La présence de la mer ne se faisait déjà plus sentir et vers l'avant, les lumières de la ville commençaient petit à petit à s'imposer.

Incapable de rester davantage dans un lieu clos, j'ai appuyé sur le bouton deux arrêts avant le mien et je suis descendue en chancelant de l'autobus. Comme si elle avait su à l'avance ce que j'allais faire, sans hâte, elle m'a subrepticement suivie. A cet arrêt triste coincé entre les arcades de l'autoroute et la palissade en moellons à claire-voie de l'usine de laminage, nous nous sommes retrouvées seules.

"Euh, excusez-moi."

C'est elle qui m'a adressé la parole en premier. A mon grand étonnement, et son ton poli me rendit encore plus nerveuse.

"Oui."

Le vent passant sur mes jambes, mon corps qui s'était réchauffé au Santé Super Land s'est refroidi en un instant. La couleur de son visage à la lumière du réverbère est morne et terne, seules ses paupières bouffies sont bordées de rouge, tandis que ses joues sont semées de taches. Alors que sur l'autoroute au-dessus de nos têtes des voitures vont et viennent sans interruption et que nous parvient de l'usine le bruit des machines frappant le métal, nous sommes les seules environnées de tranquillité.

"Je vous ai aperçue au Santé Super Land et instinctivement je vous ai suivie jusqu'ici… Tout en sachant que c'est impoli…"

Sa voix plutôt rauque comme si elle ne s'adressait pas à moi qui me trouve devant elle mais à un endroit quelconque au loin, entrecoupée, m'est difficilement audible à moins de bien tendre l'oreille.

"Vous allez souvent là-bas ?"

Je comprends que, ne sachant par où commencer, elle est troublée et tente de me retenir par n'importe quelle question.

"Non."

Je secoue la tête.

"Ah, bon. Alors c'est bien ce que je pensais, c'est une coïncidence extraordinaire… Vous habitez près d'ici ?

— Oui."

J'acquiesce vaguement car expliquer en détail m'ennuie.

"Ah… c'est donc ça ?"

Elle passe son sac en patchwork de sa main droite à sa main gauche, tripote le foulard autour de son cou, toussote. Les phares des voitures passent en se croisant.

"C'est parce que vous ressemblez beaucoup à ma fille… Vraiment, comme deux gouttes d'eau…"

Il n'y a pas d'étoiles, le ciel n'est qu'une étendue froide et obscure. Le panneau rouillé des horaires d'autobus, les bicyclettes sous le pont de l'auto-route, les feux de circulation, tout alentour est figé dans le noir.

"… A ma fille morte à l'âge de huit ans…"

Elle a levé les yeux et me regarde fixement.

"Je ne veux pas dire que si elle vivait elle aurait à peu près l'apparence qui est la vôtre. Pas dans ce sens-là. C'est vous qui êtes exactement comme ma fille de huit ans. Je ne sais pas si vous me comprenez."

J'acquiesce en silence.

"Si vous me permettez…"

Après un moment d'hésitation, elle continue d'une voix encore plus rauque :

"Je voudrais que vous me laissiez toucher votre visage."

Après avoir suffisamment réfléchi à ce qu'elle venait de me dire, pour savoir si je ne me méprenais pas, si j'avais bien compris, et avoir apaisé mon cœur je réponds :

"Je vous en prie."

Tout en parlant, afin que ce soit plus facile pour elle de tendre la main, je fais un pas en avant.

Elle lève le bras droit et comme si elle craignait de tout gâcher en étant imprudente, écarte crain-tivement les doigts et touche d'abord mes cheveux.

L'extrémité de ses doigts tremble. Au fur et à mesure qu'ils se déplacent de la spirale au sommet de mon crâne vers l'avant puis les épaules, l'odeur de savon du Santé Super Land qu'ils ont gardé s'en élève discrètement. Les doigts caressent mon front,

rampent sur mes tempes, soulignent mes paupières. Contrairement à ses paumes osseuses et
de pauvre apparence, ils sont potelés. Leur sensation est beaucoup plus douce que celle des algues
de la tortue de mer. Sourcils, lobes des oreilles,
arête du nez, menton, lèvres, nuque. Elle n'oublie
rien. Le moindre creux, la moindre différence
dans l'épaisseur de la peau, elle ressent tout.

Je fais mon possible pour retenir ma respiration.
Je suis obnubilée par l'idée que mon souffle pourrait la gêner.

A la fin, avec sa paume elle enveloppe ma joue
du côté gauche. Ma joue tient complètement à l'intérieur comme si ce qui avait été séparé avait réin-
tégré sa forme d'origine.

"Je vous remercie infiniment, m'a-t-elle dit dans
un soupir.

— Mais je vous en prie, ai-je répondu sans
quitter des yeux l'extrémité des doigts qui s'éloignaient de moi.

— Merci."

Elle s'en est allée en direction de la mer. Son
dos se fondant aussitôt dans le noir est devenu
invisible. Tout en pensant qu'il était heureux que
j'aie pu réaliser son souhait, j'ai marché environ
une heure pour rentrer à la maison.

(Manuscrit zéro)

Le lendemain (mardi)

J'ouvre un album et regarde les photos de l'époque où j'avais huit ans. Les cheveux coupés à la Jeanne d'Arc, la peau cuite par le soleil, se tenait une petite fille mince comme un faon. La jupe à bretelles faite à la main par ma mère était manifestement trop petite, et si courte que non seulement elle découvrait mes genoux, mais on risquait de voir ma culotte si je ne faisais pas attention. Sans me laisser intimider par le soleil éblouissant j'avais les yeux grands ouverts et je serrais fort les lèvres comme si je voulais montrer que je ne me laisserais pas aller à un sourire flatteur. Mes deux jambes fines étaient bien campées sur le sol. Les couleurs étaient délavées comme si toutes les photos avaient été prises au moment de la tombée du jour.

Où donc était passée la petite fille que j'étais, morte à l'âge de huit ans ? Je réfléchissais en feuilletant les albums. Etait-elle restée au fond du bain matriciel du Santé Super Land ? Avait-elle nagé jusqu'au large de la mer, accrochée aux algues de la tortue ? Non, comme elle l'avait dit, j'étais morte et je me trouvais au fond de moi. J'étais avec celle qui en moi était morte.

A l'instant où j'ai pensé cela, totalement soulagée, je me suis mise à respirer plus profondément que d'habitude. Sur mes cheveux et mes joues restait la sensation de ses mains.

(Manuscrit huit feuillets)

Un jour d'avril (samedi)

Je suis allée avec l'assistant social R et l'écrivain Mlle W au festival de bonsaïs organisé le long des douves du parc des ruines du château.

"Il nous restait des tickets au bureau d'accueil de la mairie, alors si vous voulez, qu'en pensez-vous ?"

En disant cela, R a tendu sa main qui tenait trois tickets d'entrée. Au moment où j'ai vu qu'il y avait bien trois tickets je n'ai pu que réaliser qu'il n'était pas censé me proposer un rendez-vous amoureux.

"Je vous remercie. Mais un seul c'est suffisant pour moi.

— Ne serait-ce pas une bonne idée d'y aller avec des amis ?

— Je n'ai pas d'amis. Alors, des amis qui voudraient bien m'accompagner à un festival de bonsaïs…

— Que dites-vous là. Essayez d'y réfléchir un peu.

— Non. C'est impossible. On ne peut pas se souvenir de gens qui n'existent pas, c'est normal.

— En décidant de cela dès le départ, rien ne peut aller de l'avant, vous savez. Par exemple, tenez, là-bas vous avez un porte-lettres. Vous allez vérifier une à une les lettres qu'il contient. Vous allez peut-être trouver quelqu'un qui fera l'affaire."

Poussée dans mes retranchements par un R toujours aussi pugnace, j'ai pris le paquet de lettres couvert de poussière. La première était une proposition de dépistage du cancer du col de l'utérus, la deuxième qui émanait d'un institut de beauté offrait un ticket de cinquante pour cent de réduction sur une permanente raidissant les cheveux, la troisième une mise en demeure de régler l'assurance santé, la quatrième un papier à remplir pour le virement des frais d'inscription à une association d'anciens élèves, la cinquième une confirmation de versement à la caisse de retraite.

"Allez, la suivante."

Car R ne désarmait pas. Le bout des doigts tremblant de honte, j'ai continué à les feuilleter une à une. A l'instant où j'allais renoncer en pensant que c'était inutile, à la huitième ou la neuvième place est sortie la carte de Mlle W.

"Tenez, vous voyez bien", me fit remarquer R avec fierté.

Il s'agissait d'un remerciement qui datait d'assez longtemps, reçu après que j'avais écrit les grandes lignes du roman de Mlle W.

"Mais je n'ai jamais rencontré cette personne.

— Ce n'est pas le moment de se soucier de cela. Elle vous a quand même envoyé une carte polie, n'est-ce pas ? Je suis sûr qu'elle sera ravie de vous accompagner à un festival de bonsaïs."

Son ton débordait de confiance en soi.

"Allez, ensuite. Il reste un ticket."

Sous la carte de Mlle W est sortie la notification de changement du jour de visite de l'assistant social.

"C'est qui l'envoyeur ?

— Vous, bien sûr."

J'avais levé craintivement mes yeux vers lui.

C'est ainsi que moi, Mlle W et R en sommes arrivés à aller au festival de bonsaïs.

Mlle W était une demoiselle bien plus jeune que je ne l'avais imaginé, sans maquillage, aux cheveux coupés au carré cachés sous un bonnet de laine. On ne remarquait d'embonpoint nulle part sur son corps et sous le duffle-coat et le pantalon on voyait bien qu'elle avait des bras et des jambes comme des brindilles. De son côté, alors que cela échappait à son temps de travail, R portait dans la main droite son porte-documents, dans la gauche son éternel étui à trompette, et une cravate correctement nouée. Tous les trois, à l'entrée nous avons échangé des salutations maladroites.

Le festival était plus fréquenté que je ne le pensais. Au bord des douves où habituellement les gens se promenaient, avaient été dressés deux rangs de supports en bois où se succédaient une file de bonsaïs en quantité phénoménale. R en tête, Mlle W puis moi marchions dans l'ordre entre les deux haies d'arbustes. Le ciel était brumeux, il n'y avait pas de vent, et le donjon, l'entrée principale, les boutiques foraines et l'embarcadère des bateaux, tout ce que l'on voyait était nimbé d'une vague lumière.

Moi qui ne connaissais des bonsaïs que les pins, je fus surprise de voir toutes sortes de végétaux miniatures. Il y avait des pêchers, mais aussi des cerisiers, des marronniers ou des poiriers. A la racine d'un hêtre feuillu poussaient des fougères humides de rosée, les fruits mûrs d'un ginkgo bilobé paraissaient sur le point d'éclater et les bambous s'étiraient en ligne droite. Certains étaient si petits que si on les avait déposés sur une paume il serait resté de la place, tandis que pour d'autres qui en imposaient par leur taille une personne seule ne pouvait les porter. Les racines boursou-flaient la terre, les troncs penchés s'entrelaçaient, formant parfois des bosses ou des creux, et de surcroît, ayant cessé de respirer, devenaient blancs comme des os. Pour ces arbres cent ou deux cents ans était l'âge normal, avoir cinq cents ou mille ans n'était pas rare, et parmi les propriétaires se succédaient les noms de seigneurs féodaux, de fondateurs de zaibatsu ou d'anciens premiers ministres. Chaque pot était soigneusement entretenu, on ne voyait aucun détritus, même au pied entre les petites herbes.

Nous progressions lentement dans le passage entre les haies de bonsaïs sans pratiquement échanger un mot. De temps à autre, quelqu'un intéressé essayait de ranimer l'ambiance en poussant une exclamation sans signification du style "Oh", "Ah" ou "Eh bien", mais la plupart du temps l'essai n'était pas concluant, le silence revenait aussitôt.

Mlle W les mains posées sur les genoux et le corps penché, les yeux écarquillés ou plissés, suivait la visite avec passion. Avant tout, qu'elle aimât les bonsaïs me soulageait. R avec la même application que lorsqu'il remplissait un dossier appréciait la disposition des branchages, lisait les commentaires, observait la forme des pots, et pour ceux qui lui plaisaient particulièrement approchait son visage des troncs afin de les humer. Son porte-documents et son étui à trompette n'étaient-ils pas trop lourds ? En approchant ainsi son visage ne risquait-il pas de se piquer le nez à un rameau ? Je m'inquiétais, mais puisque Mlle W se trouvait entre nous, je ne pouvais lui adresser la parole. Des tas d'autres visiteurs nous dépassaient.

Dans le parc des ruines du château plusieurs pins noirs dont je ne connaissais pas l'âge poussaient, s'élançant au-dessus des douves, accompagnés de hêtres et de ginkgo bilobés, et j'avais beau lever la tête au maximum, je n'arrivais pas à en distinguer la cime. Tout en marchant sur l'ombre qu'ils dispensaient à nos pieds, quand je dirigeais mon regard vers les bonsaïs, je n'avais plus la notion de leur taille et n'arrivais pas à dire lesquels étaient les plus grands. Bien sûr, il était évident que les bonsaïs étaient les plus petits, mais mon corps s'étirait ou rétrécissait librement au rythme de mon regard, et j'avais l'impression pour l'arbre du pot le plus petit de me trouver dessous et de lever les yeux vers sa cime.

"Ah !"

Soudain Mlle W montra le sol. Sous les étagères des bonsaïs deux poules étaient blotties. Elles devaient se trouver là depuis longtemps mais je ne les avais pas remarquées, et sous le coup de la surprise, j'ai reculé. A l'instant précis où Mlle W les avait désignées, leur apparition avait été si soudaine que je me suis demandé si elles n'étaient pas directement sorties du sol.

"Des poules.

— Non. Ce sont des bantams."

J'avais parlé sans réfléchir et Mlle W me corrigea calmement.

Puis elle s'accroupit pour avoir les yeux à leur niveau, croisa les bras et ajouta :

"En plus des bantams à perruque. Une espèce protégée.

— Vous connaissez la race bantam ?"

Admiratif, R posa ses affaires sur le côté pour s'accroupir au même niveau qu'elle. Ne pouvant pas rester seule debout, je me suis forcée à faire comme eux.

"Oui. On les reconnaît à la couleur des plumes et la forme des pattes. Il en existe des blancs, des noirs et des noirs caillouté blanc.

— Eh bien, mais c'est incroyable. Je rencontre une spécialiste des bantams pour la première fois de ma vie.

— Le bantam qui bombe le poitrail, qui a une crête et une remarquable queue noire c'est le mâle, l'autre c'est la femelle."

Les bantams qui ne montraient aucun émoi face à nos regards scrutateurs étaient toujours blottis l'un contre l'autre au point que l'on ne distinguait pas leur queue, et tous les deux regardaient dans la même direction. Leurs yeux étaient comme des points noirs enfoncés dans la parure rouge des oreillons entre leur crête et leurs barbillons. En tendant l'oreille on entendait leur léger gloussement : "*Kurukkuruk, kurukkuruk.*"

R demanda :

"Savez-vous si les bantams vont toujours avec les bonsaïs ?

— Peut-être qu'en mangeant les larves des hémiptères ou des coléoptères il les protègent des pucerons ? En plus ils adorent les lombrics."

R n'en finissait pas d'acquiescer. Depuis que les bantams étaient devenus le sujet de la conversation Mlle W avait pris un ton adulte et R en avait perdu son autorité et sa position dominante.

"Il peuvent voler ?

— Eh bien, puisqu'à l'origine ils ont été croisés pour devenir des animaux de compagnie, le vol n'est pas leur spécialité. Mais sur une vingtaine de mètres c'est possible. Ils peuvent aussi nager.

— Nager ? Comme les cygnes ?

— Oui.

— Mais quand même, ces deux-là ont l'air de bien s'entendre. Il ne se sont pas séparés une minute depuis tout à l'heure.

— Le mâle protège la femelle au péril de sa vie. S'il trouve un gros ver d'une dizaine de centimètres il ne le mange pas, il l'offre à la femelle.

— On dirait un chevalier et sa princesse.

— Eh eh."

Leur conversation était animée. Pendant ce temps-là, les visiteurs continuaient à défiler en grand nombre, mais personne ne remarquait le couple de bantams à perruque.

Désœuvrée, j'ai voulu réfléchir aux romans que Mlle W écrivait. Mais je ne sais pourquoi, stupidement rien ne me venait à l'esprit, pas une seule vague image de titre, de nom de personnage, de profession, ni même de l'époque ou du lieu où ils se situeraient. Moi, la meilleure responsable des grandes lignes, moi qui pouvais même raconter les grandes lignes de livres que je n'avais pas lus, oublier des romans au sujet desquels j'en avais certainement écrit, quelle honte. Cela m'a énervée. J'avais les yeux rivés sur son dos arrondi pour essayer d'en retrouver au moins un fragment, me remémorant son écriture sur la carte postale, essayant d'imiter les gloussements des bantams, mais rien ne me venait en aide. Les romans de Mlle W recouverts de plantes aquatiques restaient immergés au fond des douves.

Ne sachant pas que ses romans avaient disparu sans laisser de traces Mlle W conversait joyeusement avec R au sujet des bantams à perruque.

Furent-ils enfin alertés par notre observation attentive ? Le mâle changea subtilement d'orientation pour protéger la femelle, agitant avec nervosité ses pupilles noires. Sa queue se dressa encore plus tandis que son bec focalisé sur un point se fermait hermétiquement.

En embrassant à nouveau dans le même regard les bonsaïs et les bantams on constatait effectivement qu'ils formaient un bien pauvre couple. Les bonsaïs qui présentaient une ligne ramassée due à l'intervention de la technique humaine n'avaient pas pour autant perdu leur naturel, et les bantams sous les bonsaïs faisaient ressentir avec encore plus de relief le merveilleux équilibre établi entre la technique et la nature. Et plus que tout la répartition des couleurs était magnifique. Le vert et la couleur de terre des bonsaïs. Le blanc, le noir et le rouge des bantams à perruque. Aucune couleur ne dominait, elles s'équilibraient l'une l'autre avec harmonie. Même le rouge des crêtes s'adaptait à l'environnement. Il ne s'agissait pas d'un simple rouge. Sous la peau couleur chair se dressaient de minuscules proéminences qui se conjuguaient pour former une crête au relief discret.

A ce moment-là, à peine perçut-on le bruit d'un hélicoptère remontant la rivière qui faisait suite aux douves qu'en augmentant de vigueur il s'approcha au-dessus de nos têtes.

"Sans doute un journal venu faire un reportage sur le festival de bonsaïs", murmura R et tout aussitôt les bantams à perruque perdirent leur tranquillité.

Après avoir agité nerveusement les plumes de sa queue, le mâle recouvrit la femelle qui piaulait d'anxiété et ils ne firent plus qu'un seul bloc.

"Les pauvres, fit Mlle W. N'ayez pas peur.

— Oui, ce n'est qu'un hélicoptère.

— Il est très loin, ils ne vous fera pas de mal.

— Exactement. Il n'y a pas à s'inquiéter.

— En formant un seul bloc ça ira.

— Oui, vous êtes invincibles."

Mlle W et R les encourageaient à tour de rôle. Il aurait fallu que moi aussi je dise quelque chose mais leur échange ne me laissait pas la place de me faufiler, je n'étais pas assez rapide et ne faisais que bredouiller.

"Kyururu. Kyururu."

Les cris apeurés de la femelle même si elle essayait de les réprimer finirent par arriver jusqu'à nous, comme sortis par inadvertance de l'intérieur du bloc.

"*Kyururu. Kyururu.*"

La vibration qui faisait trembler les plumes et les rameaux des bonsaïs s'élevait à nos pieds. L'alignement des bonsaïs se poursuivait encore plus loin, jusqu'au-delà des douves.

Nous avons fait une pause dans un salon de thé qui se trouvait le long de l'embarcadère. L'intérieur était animé par les amateurs de bonsaïs et la plupart des sièges étaient occupés, mais R qui se fraya un passage à coups d'étui à trompette pour se diriger vers le fond réussit tant bien que mal à occuper un espace dans un coin. Mlle W et R ont commandé un tokoroten et moi un amazaké.

Une femme en sarrau préparait le thé. Un thé de quel pays et fabriqué comment ? Même moi qui sélectionnais toujours les feuilles de thé dans un magasin spécialisé, j'en voyais de cette sorte pour la première fois : des feuilles couleur de goudron séchées en petites boulettes remplissaient préalablement le fond des tasses et l'on versait directement l'eau chaude dessus.

En regardant mieux on voyait que la dame avait à la main un arrosoir à bonsaïs. L'arrosoir en laiton avec son long col de plus d'un mètre, son corps s'enorgueillissant de contenir une abondante quantité et son anse à la courbe élégante, possédait la dignité nécessaire à traiter les bonsaïs âgés de cinq cents ou mille ans. La dame l'abaissa facilement et sans laisser paraître le soin qu'elle mettait à viser, versa l'eau bouillante dans nos tasses en commençant par Mlle W ensuite R puis moi.

L'eau chaude qui s'écoulait à travers les minuscules trous de la pomme tombait au fond des tasses en traçant des arcs. Si elle déviait de son but et rejaillissait sur ma main elle me brûlerait : j'ai dissimulé discrètement mes bras sous la table, mais la dame n'était pas maladroite à ce point. Aucune goutte d'eau bouillante ne déborda des tasses. Mais cela ne lui suffit pas, car levant bien haut l'arrosoir la dame changea l'orientation de l'axe des arcs. L'eau dans un joli petit bruit faisait ouvrir les feuilles et les mélangeait. Immobiles, nous retenions notre souffle, les yeux rivés sur la vapeur qui s'élevait des tasses. Lorsqu'elle eut rempli à ras bord la dernière tasse, elle redressa l'arrosoir d'un geste vif et s'en alla sans rien dire.

Aucun de nous ne prenant l'initiative, nous avons passé nos doigts sur la table pour vérifier qu'aucune goutte n'était tombée, et là, comme on pouvait s'y attendre, c'était toujours aussi sec. Recrachant notre souffle tous les trois en même temps, nous avons aspiré une gorgée de thé. Comparé à celui de la Sueur du sommeil de la psyché, le goût n'avait rien de particulier.

Les douves vues à travers les vitres étaient toujours aussi mornes et stagnantes. Les filaments de spirogyres entrelacés faisaient osciller le plan d'eau où il n'aurait pas dû y avoir de vagues, venaient cogner contre le soubassement du château, s'accrochaient aux piles du pont, créant ici ou là des tourbillons. Comparé à l'animation du festival de bonsaïs, l'embarcadère était désert, hormis la présence des bateaux qui flottaient reliés l'un à l'autre par une corde.

Mlle W et R mangeaient leur tokoroten. L'odeur de vinaigre et de moutarde arrivait jusqu'à moi.

"On dirait que l'hélicoptère est reparti.

— Ah, tant mieux.

— Un peu plus loin il doit y avoir un point de vente.

— Et si j'achetais un pot pour chez moi ?

138

— C'est une bonne idée. Certainement que vous allez trouver un bonsaï vous convenant parfaitement."

Ils parlaient, ne me laissant pas le temps d'intervenir. Pour leur montrer que je les priais de ne pas faire attention à moi, qu'ils pouvaient parler autant qu'ils voulaient, puisque de toute façon j'étais très prise par mes occupations, je brassais consciencieusement mon amazaké. Les yeux rivés sur le fragment de gingembre qui remontait ou s'enfonçait au milieu du tourbillon.

Les filaments de tokoroten étaient aspirés l'un après l'autre par leurs lèvres. Le gosier des bantams à perruque avalant les vers de dix centimètres de long avait certainement la même forme, ai-je pensé. Quand il n'y a plus eu de thé la dame en sarrau est revenue son arrosoir à la main.

Au point de vente, ils ont mis beaucoup de temps à choisir un bonsaï. Celui qui portait des fruits était mignon, celui aux feuilles rousses intéressant, mais non, fallait-il finalement en choisir un offrant l'aspect d'un bonsaï, dans ce cas, l'autre là-bas avec ses rameaux bien équilibrés était mieux... Ainsi restaient-ils dans l'indécision. Oublieux de ma présence, joue contre joue, ils poursuivaient leur examen. Et comme s'ils voulaient rapetisser pour mieux faire leur choix, ils se penchaient, rentraient les épaules, arrondissaient le dos. Au fur et à mesure que leur taille diminuait, le porte-documents et l'étui à trompette devenaient minuscules.

"Je prends celui-ci, déclara Mlle W.

— Ah, il est magnifique."

R ne s'opposa pas à Mlle W. J'ai penché la tête d'un air un peu réservé en jetant un coup d'œil à la dérobée au bonsaï qu'elle désignait.

C'était un *Zelkova keyaki*. Le tronc se dressait tout droit d'un air déterminé, les rameaux avaient un port tout à fait naturel, la couleur des feuilles était dense et fraîche. Aux racines poussaient des mousses bourgeonnantes. La rondeur de la terrine à la paisible couleur de métal convenait parfaitement aux doigts élégants de Mlle W. L'arbre n'avait pas cette audace qui charme l'œil mais il était clair et résolu. Persuadée qu'elle choisirait sans doute quelque chose de beaucoup plus sophistiqué, je fus prise au dépourvu.

"C'est très agréable de s'allonger dessous.

— Avec le vent, les rameaux oscillent en bruissant.

— Le soleil miroite à travers le feuillage, qui exhale une odeur végétale.

— Les mousses peuvent servir de matelas.

— Comme un doux tapis sur lequel instinctivement on a envie de poser sa joue."

Il s'étaient encore rapprochés, leur visage tout contre l'arbre nain. Leurs épaules, leurs hanches et leurs joues en contact étroit ne paraissaient pas vouloir se détacher, et leur souffle unique faisait trembler le feuillage.

"Ah oui, je lui jouerai de la trompette.

— Ah, c'est merveilleux. Ecouter de la trompette à l'ombre d'un orme keyaki.

— J'ai un bon morceau. *L'Univers des Spongicola venusia.*

— *Spongicola venusia* ?

— Deux crevettes qui s'enferment à vie dans un endroit exigu et ne retournent jamais dans le vaste monde.

— Ce sera parfait pour nous.

— Mais oui."

R ouvre son étui à trompette. Pas d'erreur, c'est bien la mallette qui m'est familière, mais à mon insu devenue minuscule.

Attendez. Ce morceau devait bien être joué pour moi toute seule ? Après avoir rédigé le dossier, près de la fenêtre recevant les rayons du couchant, chez moi sans la présence d'aucun autre visiteur...

Je n'ai pas eu le temps de protester : tous les deux se sont assis au pied du keyaki. Mlle W a l'air détendu, les jambes croisées avec souplesse, tandis que R est appuyé contre le tronc. Comme si c'était parfaitement bien calculé une bosse du tronc rentre dans le creux de son dos, il a l'air assez confortablement installé. Pendant qu'il prépare sa trompette, Mlle W caresse la mousse avec tendresse. Une mousse fraîche qui paraît délicieuse.

Bientôt je découvre le couple de bantams à perruque blotti à leurs pieds, et je recule d'un pas. L'hélicoptère s'étant éloigné ils doivent être rassurés car la femelle a retrouvé son calme et le regard du mâle est doux lui aussi. Comme si elle venait tout juste de les remarquer, Mlle W tend les bras et après avoir frotté ses mains pour enlever la mousse, elle caresse les bantams à perruque. Que l'on touche leur crête ou que l'on attrape leur queue, ils ne se mettent pas en colère, bien au contraire, ils gonflent leur poitrail avec joie.

Plus je cligne des yeux plus mon regard se concentre et plus je vois de choses. Les mailles du chapeau que porte Mlle W, les fourmis qui progressent péniblement, se prenant les pattes dans la mousse, les nervures transparentes à la lumière, le dessin d'un autocollant sur la mallette de la trompette, les plis de l'oreille gauche de R. Tout se détache comme de la dentelle. Pendant que je fais tout cela, la trompette finit par être prête.

Mlle W et R, le keyaki et la mousse, la trompette et le couple de bantams à perruque. Tous ont trouvé leur place, ils échangent un regard entendu, forment une ligne continue. R se redresse et lève sa trompette. *L'Univers des Spongicola venusia* se déploie. Le couple de bantams dresse la tête, Mlle W ferme les yeux et savoure le jeu de R. Mais j'ai beau tendre l'oreille, *L'Univers des Spongicola venusia* n'arrive pas jusqu'à moi.

Je les laisse là tous les deux et je rentre à la maison.

(Manuscrit zéro)

Le lendemain (dimanche)

Je passe la journée à mettre sens dessus dessous
ma bibliothèque pour chercher les romans de
Mlle W. Mais je ne les trouve nulle part.

(Manuscrit deux feuillets)

Un jour d'avril (mercredi)

Je vais à la cérémonie de remise du prix littéraire des débutants U à laquelle je n'ai pas participé depuis trois ans. J'ai pratiquement rompu avec les prix de débutants que je fréquentais autrefois quand j'étais responsable des grandes lignes, et je ne sais pourquoi le prix U continue à m'envoyer des invitations. Afin de répondre à cette délicate attention, chaque année j'essaie de faire en sorte d'y assister même si je dois me forcer.

Je veille à une tenue d'une sobriété exemplaire. Jupe plissée bleu marine et veste de la même teinte, chemisier blanc en coton, collant couleur chair. Chaussures et sac à main en similicuir noir. Aucune décoration telle que volants, rubans, perles ou broderies ; un design fidèle aux principes de base. Bien sûr tout accessoire est hors de question. Même mon badge mouffette est remisé au fond de ma poche. Je passe simplement un peu d'eau de luffa sur mon visage et brosse mes cheveux. J'élimine tout signe sur mon corps qui me déterminerait.

Si je me prépare ainsi, dans la salle personne ne me remarque ni ne vient m'adresser la parole. En cas d'urgence, je peux toujours me retirer dans un coin et me fondre dans le tissu des rideaux ou me tenir debout près de l'accès du personnel en faisant semblant d'être une employée chargée des festivités.

Le cocktail a eu un grand succès. La salle était pleine au point que les garçons avaient de la peine à circuler pour servir les boissons et que l'avant-scène se dressait bien au-delà de l'affluence. Le brouhaha des gens, la chaleur des corps, la vapeur s'élevant des plats, l'odeur d'alcool, les flashs, les applaudissements, les huées, les toussotements et les rires perdus se mélangeaient en plusieurs strates de tourbillons. Me parvenait de temps à autre le discours haché de quelqu'un, lauréat ou organisateur, qui disparaissait aussitôt je ne sais où, avalé par les tourbillons.

Un whisky à l'eau dans une main, je me suis avancée précautionneusement à travers la foule. Insensiblement les gens s'étaient divisés en plusieurs groupes différents et tout en me déplaçant petit à petit sur la vague du tourbillon de chaque groupe, j'avançais de séparation en union. Cette loi du mouvement est valable pour tous les cocktails. L'important c'est de bien se faufiler en la maîtrisant. Il ne faut pas s'arrêter à tort ou à travers ni vouloir y échapper.

Je sais d'expérience que le schéma de cette loi est tracé par le mouvement des pieds et à cause de cela je finis naturellement par garder les yeux rivés au sol. De la même manière que tous les visages sont différents, les chaussures ont chacune un aspect véritablement différent. Même celles en cuir des hommes d'affaires qui paraissent toutes semblables diffèrent non seulement par leur décor, lacets ou bride, mais en plus la singularité de chacune apparaît dans l'usure des semelles, la forme des égratignures ou la direction des plis. Si certains pieds au cuir relâché n'en peuvent plus, d'autres tendus de la cheville jusqu'à leur extrémité débordent de combativité. Des pieds souffrants d'ampoules, boursouflés au point que l'on a instinctivement envie d'y enfoncer l'index, qui donnent l'impression d'exhaler une odeur étrange, dans le plâtre, aux allures de pieds bandés. Tous faisant attention à ne pas se cogner l'un l'autre dessinent sur le tapis de la salle de réception des schémas tout aussi précis qu'audacieux. Comme des figures de patinage artistique gravées dans la glace, comme la trace orientée dans la bonne direction laissée par les oiseaux migrateurs.

Contrairement à l'atmosphère éclatante du cocktail, le sol est beaucoup plus sale que ce que l'on pourrait imaginer. On trouve des miettes de crackers un peu partout, une serviette en papier froissée dans laquelle quelqu'un s'est mouché, un os de poulet abandonné. Mais personne ne se rend compte de ce qu'il y a sous les chaussures qui piétinent allègrement les morceaux de fromage, le gras de canard, une dent artificielle, un cache pour l'œil, un condom. Quelles que soient les choses éparpillées sur le territoire, c'est la carte qui est privilégiée.

"Oh là. Ça fait longtemps."

On m'arrête soudain et je lève instinctivement la tête. Les glaçons dans mon verre ont fondu à mon insu et le whisky est devenu tiède.

"Alors. Vous allez bien ?"

J'essaie de toutes mes forces de me rappeler qui est cet homme qui m'adresse aussi facilement la parole, la bouche pleine de rosbif. En même temps, je déplore que ma tenue ne soit pas à la hauteur des efforts que j'ai faits pour ne pas me faire remarquer.

"L'autre jour, je l'ai lu. C'est pas mal du tout, vous savez."

Sans savoir à quoi il fait référence je lui réponds poliment : "Merci." Sans se préoccuper de la sauce qui se répand sur sa cravate, il continue à déchiqueter son rosbif et tendant la main vers la table, boit une bière sans savoir qui l'a laissée là.

"Le phrasé est lent et quand je le lis, curieuse-ment cela me calme. La scène où une dame qui a un rôle secondaire prend un ovaire. Elle a du charme. En échange d'un organe elle reçoit l'âme d'un sage."

L'homme continue à pérorer. Le roman qu'il raconte, est-ce vraiment moi qui l'ai écrit ? Je n'en suis pas certaine. Cela me dit bien quelque chose, mais me semble dans le même temps totalement étranger à mon univers.

"Vous devriez écrire encore plus. Si vous avez le temps de réfléchir à toutes sortes de choses superflues."

Ses conseils sont les mêmes que ceux que R me répète toujours, mais l'impression qu'il dégage est complètement différente. Il se donne des airs de bienfaiteur et pèche par excès de confiance en lui et d'indélicatesse.

"En tout cas, au fur et à mesure qu'on écrit tout s'arrange dans un roman. Mais dites-moi, vous avez mangé quelque chose ? Il ne faut pas traîner comme ça. Bon, je vais vous faire un assortiment. Vous avez des allergies à quelque chose ?"

Sans même écouter ma réponse, il s'approche du buffet et avec des gestes brusques dépose un peu de tout au hasard sur une assiette qu'il me tend en disant : "A plus tard" et me plante là, disparaissant aussitôt entre les groupes. Sur l'assiette il y a du saumon fumé, du canard laqué à la péki-noise, un rouleau de riz aux algues et un macaron.

Jetant un regard à mes pieds, je m'aperçois que j'ai marché sur un morceau de rosbif qu'il a dû lais-ser tomber. Sous mon escarpin, discret, rougeâtre, il ressemble à un ovaire écrasé.

Toutes ces nourritures sont délicieuses. Est-ce spécial à cette année ou toujours ainsi ? Ce n'est pas clair, mais il n'empêche : des plats de toutes natures sont rassemblés, présentés avec raffinement, et en plus un chef prépare à la demande des omelettes à la truffe et des beignets de tempura de crevettes vivantes qu'il décortique sous nos yeux. Et comme si cela ne suffisait pas, on voit des serveurs apporter une dinde, une lotte et une anguille. La dinde qui glougloute ajoute au brouhaha de la salle, plus personne n'a d'yeux pour la silhouette du récipiendaire du prix, et avec l'eau projetée par l'anguille qui se débat et le mucus qui coule de la lotte, le sol est encore plus maculé.

A ce moment-là, mon regard s'arrête sur un homme debout près du buffet central.

"Un pilleur de cocktail", je murmure.

Il a beau se comporter avec toute l'attention requise afin de se faire passer pour quelqu'un de l'univers éditorial, il ne peut pas me tromper. C'est vrai que nous agissons tous avec précaution selon un plan préétabli, car nous sommes avant tout des professionnels. Mais je sens néanmoins s'échapper une touche d'imitation d'une minuscule faille dans son attitude qui tente de sauver les apparences.

Peut-être que mon sang de pilleuse de fêtes sportives rend cela perceptible. Bien sûr, je ne suis pas comme lui qui sans invitation profite du désordre ambiant pour s'introduire discrètement, je n'utilise pas de moyens incorrects comme duper le personnel de l'accueil en présentant une carte de visite récupérée. J'entre dignement par l'entrée principale large ouverte. Et lui, alors qu'il n'en a pas la légitimité, il mange et boit de grandes quantités de ce qui a été payé avec l'argent des maisons d'édition, tandis que moi je me contente de squatter la course réservée aux familles des élèves, recevant tout au plus un cahier d'écolier comme prix de participation.

Mais qu'il s'agisse de cocktail ou de fête sportive, nous avons en commun de nous introduire dans un endroit où nous ne sommes pas autorisés. Nous sommes les habitants d'une même île. Et il nous suffit d'un coup d'œil pour nous reconnaître.

On dirait que le pilleur de cocktail a jeté son dévolu sur le plat de sashimi. Devant la daurade posée sur un lit de glace, il prend bien en main une paire de baguettes jetables. Il porte un veston ordinaire mais d'une taille curieusement trop grande, dont on reconnaît les faiblesses aux épaulettes tombantes et aux coudes élimés. Mais le plus flagrant c'est son regard. Pour le même ventre affamé, une invitation en bonne et due forme glissée au fond de la poche ne donne pas ce regard acculé. Les plats qui s'alignent devant les yeux d'un pilleur de cocktail constituent une nourriture fraîche et sûre comme il n'en a pas vu depuis plusieurs dizaines de jours, voire plusieurs mois. S'il laisse passer l'occasion, il ne sait pas quand viendra la prochaine fois où il pourra à nouveau se remplir le ventre. C'est pourquoi justement il s'acharne à vouloir à tout prix se bourrer avec efficacité de plats coûteux et nourrissants. En même temps il se concentre pour ne pas se trahir et se voir interdire la fréquentation de l'endroit. Son regard ressemble à celui de l'homme primitif s'apprêtant à lancer son javelot contre un mammouth.

Tout en suivant du bout de ses baguettes jetables l'arête dorsale de la daurade, le pilleur de cocktail a soulevé d'un coup la chair de la tête jusqu'à la queue. Avec audace et l'on sent la maîtrise de sa technique dans la rapidité de son geste qui a saisi l'instant. C'est un homme d'un certain âge, légèrement voûté, aux yeux caves. Les morceaux de daurade sur lesquels il a jeté son dévolu coulent l'un après l'autre dans son gosier, calmement comme s'il y versait un liquide gouleyant. Il possède l'art, tout en mangeant, de faire en sorte que personne autour de lui ne s'aperçoive de sa présence, il est là sans être là.

Avec lui pas de problème. Il ne sera sans doute pas soupçonné. J'apprécie intérieurement. L'homme se tourne déjà vers sa cible suivante, de la langouste, se mettant une deuxième fois en position.

Surfant sur de nouveaux groupes, je me déplace vers le nord-est de la salle. La cérémonie de remise du prix s'est terminée à mon insu, il semble que l'on soit entré dans la phase des entretiens amicaux, la bousculade et le brouhaha sont devenus terribles au point d'être difficilement supportables. Bien que je n'aie pas beaucoup de relations, je croise l'éditeur qui m'a suivie à l'époque où j'étais responsable des grandes lignes, le secrétaire général qui m'a présentée à l'assistant social, le journaliste que j'ai rencontré une seule fois pour une interview, mais aucun ne s'arrête. Je me fais servir un nouveau whisky.

Vers le nord-est est tracé un schéma différent de celui du centre. La courbe en suite d'ellipses se transforme en petits cercles dont la vitesse de rotation augmente. Les serveurs tout en sueur ont beau s'agiter, les assiettes sales et les verres ne cessent de s'empiler à tout vitesse. Le dauphin sculpté dans la glace a déjà perdu ses nageoires dorsale et caudale du fait de l'air vicié par la respiration des gens, tandis que les fleurs de table anéanties ont leurs pétales saupoudrés de pollen.

A cet endroit sont présentés en priorité les desserts. Des melons artistiquement découpés sont alignés, des choux à la crème forment des pyramides, des paons en sucre filé déploient leur roue. Il y a aussi des Sachertorte, des monts-blancs, du punch à la pastèque. Sur une plaque de métal tourne une broche, dans une marmite dansent les marrons grillés d'Amatsu, une noix de coco mûre est tombée. De sa coquille fendue coule un liquide blanc qui va encore salir le sol. C'est là que je découvre un second pilleur de cocktail.

Celui-ci est beaucoup plus jeune. Les cheveux lustrés, il porte un attaché-case pour se donner l'air d'un honnête salarié, mais on voit tout de suite que la cire ne sert qu'à camoufler des cheveux mal coupés, et dans la manière dont il le tient, on sent à quel point son attaché-case le gêne. Dans son nœud de cravate comme dans les traces du passage du rasoir, on perçoit son manque d'expérience.

Le jeune pilleur de cocktail est en train de se mesurer aux petits fours présentés sur un plat tournant. Du gâteau au chocolat à la tarte aux fraises, du millefeuille au tiramisu, tout en faisant tourner le plat il se sert sans hâte apparente.

"Non non. Pas d'une manière aussi grossière."

J'ai fait claquer ma langue. Faisant tomber un gâteau sur le côté en écrasant la crème fouettée, colorant le contour de sa bouche en marron avec de la poudre de cacao, il manque de délicatesse pour tout. Il ne se rend pas compte que non loin de lui plusieurs personnes commencent à lui jeter des regards furtifs. Tout d'abord il n'est pas naturel de se goinfrer déjà de desserts alors que le cocktail n'en est même pas encore arrivé à la moitié.

"Un instant, excusez-moi."

C'est bien ce que je pensais : sorti d'un groupe, quelqu'un vient lui adresser la parole. A cet endroit seulement s'est formé une petite cavité.

C'est un chasseur de pilleur. Chargé, dès qu'il en trouve un, de l'emmener tranquillement hors de la salle de réception. Bien sûr, il ne s'agit pas d'un videur professionnel, la plupart du temps le travail est confié à un nouvel employé du service commercial, en général un sportif plutôt solide mais aux manières douces.

"Je suis absolument désolé mais…"

Face au chasseur qui ne se départ jamais de son attitude respectueuse, le jeune pilleur perd totalement contenance et se force à avaler rapidement les gâteaux dont sa bouche est pleine.

"Pourriez-vous s'il vous plaît me donner votre nom ?"

Le contraste est de plus en plus frappant entre le fringant chasseur et le pilleur miteux.

"Non, euh… je ne suis pas aussi…"

Le pilleur vient enfin d'ouvrir la bouche, mais sa langue est encore couverte de génoise et de crème.

"Alors, si c'est possible, votre invitation…

— Eh bien ça alors, depuis le temps."

J'ai fait irruption entre eux à ce moment-là, les glaçons s'entrechoquant dans mon verre de whisky.

"Comment allez-vous ? Je vous remercie pour votre aide la dernière fois."

Debout face au pilleur, je lui ai adressé mon sourire le plus amical. Lui se contentait de continuer à cligner nerveusement des yeux. Comme si cela ne les concernait pas, les gens autour de nous se sont éloignés de la table des desserts.

"Vous avez vu Mlle W récemment ?"

Le pilleur a secoué la tête avec une expression un peu désorientée. Pour détendre l'atmosphère, j'ai continué à parler tout en buvant à petites gorgées le whisky que je n'avais même pas envie de boire :

"Il y a peu je suis allée avec elle au festival de bonsaïs. Un couple de bantams vous guide à travers l'exposition. Des bantams prodigieusement intelligents, savez-vous. On ne visite pas que l'exposition, on peut aussi écouter un concert de trompette, manger des tokoroten. Mlle W qui était complètement sous le charme a fini par dire qu'elle ne voulait pas partir. Ne pouvant faire autrement, je lui ai dit au revoir, alors je me demande si elle est bien rentrée sans problème… L'année prochaine ce serait un plaisir d'y aller ensemble, qu'en pensez-vous ?

— Vous connaissez cette personne ?" m'a demandé le fringant chasseur.

En le voyant ainsi, je l'ai trouvé encore plus beau et vigoureux que tout à l'heure.

"Oui."

Je lui ai adressé mon sourire le plus charmeur, que je n'ai même jamais eu pour R, mon assistant social.

"Je suis absolument désolé. Je vous en prie, prenez votre temps."

Le chasseur est parti, nous laissant seuls, le pilleur et moi.

Nous sommes restés un moment face à face, ne sachant quoi dire, l'esprit ailleurs. Le pilleur sur sa lancée a englouti presque mécaniquement les gâteaux qui restaient sur son assiette, j'ai terminé mon whisky. Les gens sont revenus vers la table des desserts.

"Vous aussi ?" m'a dit le pilleur.

Des taches d'aliments tombés de ses lèvres s'élargissaient sur la bordure de sa veste.

"Eh bien oui. Même si c'est un peu différent", lui répondis-je.

Pour couper court à ses remerciements, je me suis laissée aller au mouvement circulaire qui se poursuivait vers le sud-ouest. Nous nous sommes aussitôt éloignés l'un de l'autre.

Se rassurer l'un l'autre avec des mots c'est encore faire preuve de trop d'indulgence. Entre véritables pilleurs, qu'il s'agisse de cocktails ou de fêtes sportives, un bref échange de regard suffit à se comprendre. Sinon, c'est que l'on n'en est pas un vrai. A manger ainsi il manquait sans doute d'entraînement pour atteindre le domaine du pillage professionnel. Le plus important est de ne pas se presser. Puisqu'il y avait plein de nourritures et plein de temps, il fallait garder son calme. Contrôler son appétit, assurer son territoire, se fondre dans l'ambiance environnante, avoir suffisamment de discrétion pour effacer jusqu'à son ombre : acquérir tout cela d'une manière équilibrée permet de devenir autonome. La faute d'un seul rejaillit sur les autres. Plus le contrôle à l'accueil est sévère, plus le rayon d'action se rétrécit.

Ne refais jamais ce genre d'erreur. Il ne faut pas déranger les professionnels, tu sais.

J'adressai des cris d'encouragement silencieux au jeune apprenti pilleur.

Ensuite, jusqu'à la clôture de la cérémonie, j'ai arpenté la salle de réception à la recherche de Mlle W. A la réflexion, c'était quand même elle que j'avais fini par trouver après bien des recherches et qui s'était dévouée pour m'accompagner au festival de bonsaïs, et j'aurais dû partir plus tôt à sa recherche puisqu'elle était pratiquement la seule que je pouvais reconnaître au milieu de tous ces grands personnages. J'ai regretté d'avoir perdu du temps à me mêler des affaires du pilleur de cocktail.

A quel signal ? Petit à petit les gens ont commencé à disparaître je ne sais où, et la carte tracée par les groupes a rétréci. Bientôt, les serveurs ont pu marcher tout droit avec leur plateau, les caractères sur la banderole dressée au fond sont devenus lisibles. Il n'y avait déjà plus personne sur la scène, on ne voyait plus la silhouette de ceux qui avaient reçu un prix, seul un micro y était abandonné.

Les tables tout à l'heure encore décorées de plats somptueux étaient cruellement dévastées, il n'y avait plus rien à faire. Les lasagnes refroidies avaient durci comme des strates géologiques, les garnitures des canapés s'étaient désolidarisées de leur support, au fond de la fondue au fromage qui s'était décomposée gisaient plusieurs morceaux de pain. Les pétales de fleurs qui n'avaient pas pu s'empêcher de tomber offraient de nouvelles teintes aux sauces blanches et brunes, un programme dont on s'était débarrassé flottait sur le consommé. De la marmite de beef stew commençait déjà à s'élever une odeur de putréfaction, sur les sandwichs se développaient des moisissures, et les serveurs commençaient même à se boucher le nez. Malgré cela, on voyait des silhouettes tenter de recueillir ne serait-ce qu'un grain de caviar entre les pétales, les menus ou les moisissures. Mais ce n'étaient pas des pilleurs. Parce que ceux-ci ont pour règle inflexible de ne pas s'attarder.

J'ai fini par me retrouver seule. Quand je repris mes esprits, il n'y avait plus personne à part les serveurs qui rangeaient soigneusement. Pour ne pas les déranger, je me retirai derrière les rideaux. Ils se transformèrent aussitôt en vêtement et je restai là, immobile comme un pan de drapé. J'apercevais mon ovaire toujours écrasé. Plusieurs serveurs marchèrent dessus en passant. J'eus beau attendre et attendre encore, je ne trouvai pas Mlle W.

Il était plus de dix heures quand je suis rentrée à la maison, et j'avais tellement faim que j'ai décidé de me faire des beignets de tempura. Je délaie la farine dans l'eau glacée, et j'y plonge les légumes qui restent dans le réfrigérateur sans même les vérifier. Entre-temps, je râpe du gros radis blanc daikon, fais décongeler de la sauce à tempura et prépare du sel à la poudre de thé. Je mange un beignet de haricots verts, de piment, de rhizome de lotus. Je mange un beignet d'asperge, de champignon lyophylle des hêtres, de prêle des champs. Debout devant la gazinière je les porte à ma bouche dans l'ordre où je les ai frits. L'huile qui coule me brûle les lèvres mais je n'y fais pas attention. Le ronronnement grinçant de l'aérateur qui sature la pièce fait trembler l'obscurité du dehors. Bientôt, mes cheveux imprégnés d'huile deviennent brillants. Des ampoules se forment sur mes lèvres.

Le bac à légumes est vide et mon ventre n'est toujours pas plein, alors je prends ma lampe électrique et avec ma pelle et un sac en plastique je sors dans le parc qui se trouve derrière. L'éclairage public est faible et insuffisant, l'étang plongé dans une profonde obscurité et les oiseaux aquatiques qui s'y baignent dans la journée ont regagné leur nid pour la nuit. La cime des arbres qui entourent l'étang bruisse alors qu'il n'y a pas de vent et de temps à autre au fond de la forêt on perçoit le déplacement d'un petit animal.

Sans prendre garde je m'enfonce profondément à travers bois en direction de l'orme keyaki que j'ai repéré auparavant. Son tronc de quelques mètres est encore plus noir dans l'obscurité.

Quand je marche sur ses racines, c'est souple et doux, et si je m'agenouille pour en approcher ma joue ça sent les mousses gonflées d'humidité. L'air frais de la nuit qui se dégage des sporogones rafraîchit les ampoules sur mes lèvres, c'est agréable.

Après être restée un moment ainsi, je détache quelques mousses avec ma pelle, les glisse dans mon sac et les rapporte à la maison. Je les recouvre légèrement du peu de pâte qui reste et je les mange en tempura.

(Manuscrit zéro)

Un jour d'avril (lundi)

Une enveloppe me parvient du bureau d'aide sociale de la mairie. Peu épaisse, une petite enveloppe marron avec une fenêtre en cellophane à l'endroit de l'adresse. A l'intérieur, une seule feuille de formulaire pliée en trois.

Je n'ai pas besoin de lire car je sais bien de quoi il s'agit : c'est la notification annonçant le changement de responsable.

(Manuscrit dix-huit feuillets)

Un jour de mai (dimanche)

Depuis longtemps j'avais marqué sur le calendrier une date que j'attendais avec beaucoup d'impatience, celle du jour du concours des pleurs d'enfants. J'ai passé mon temps à m'inquiéter de ce qui se passerait pour les bébés s'il pleuvait, mais j'ai beau scruter le ciel il n'y a pas un fragment de nuage, et pour l'instant je suis rassurée, je me dis que dans ce cas tout va bien se passer.

J'ai eu la chance de tomber complètement par hasard sur l'annonce de ce concours de pleurs d'enfants. Ce rituel dont la tradition remonte à deux cents ans se déroule chaque année dans le sanctuaire shintô tout proche de chez moi, et c'est une honte que je ne m'en sois pas aperçue plus tôt.

Le sanctuaire se trouve à mi-pente d'une région de collines qui s'étend au nord de la ville et il est connu semble-t-il pour tirer profit de l'amour des enfants, et parce qu'il est environné d'une forêt profonde, à moins de bien connaître le chemin c'est difficile d'y arriver. Je suis tombée sur ce sanctuaire à l'automne de l'année dernière en allant ramasser des noix de ginkgo bilobé : j'avais fini par me perdre en gravissant avec énergie un petit sentier abrupt remontant le long de la rivière. Il était là, construit à mi-pente, solitaire dans la forêt ombreuse. A ce moment-là, les mains sentant mauvais les noix de ginkgo bilobé, je m'étais contentée de m'y recueillir, en laissant tomber des piécettes dans le tronc à offrandes.

Depuis, au cours de mes promenades, il m'arrive d'y passer. L'accès au temple et la forêt ne font qu'un et cela me plaît de pouvoir m'aventurer autant que je veux au plus profond. La forêt où poussent de grands arbres est fraîche, souple le sol où sédimentent les feuilles mortes. Le chemin régulier n'est pas vraiment entretenu, mais puisqu'une trace de terre ferme se prolonge il n'y a pas à craindre de se perdre. Il suffit, en se retenant aux lianes qui pendent ici ou là parmi les branchages, de suivre cette trace pour la plupart du temps retomber sur l'allée d'accès au temple.

Autour du sanctuaire, l'exploitation des terrains à bâtir arrive assez près, et les nouvelles habitations se succèdent d'une manière ordonnée. Juste en bas de la pente, il y a également une université féminine, dont j'apercevais les bâtiments à travers les rameaux. Mais rien ne venait troubler le calme de la forêt. Il n'y avait que la silhouette de l'administrateur du temple, je n'y avais même jamais vu de visiteurs. Les bruits de la forêt ne révélaient que la présence du vent et des petits animaux.

Derrière le temple, après avoir gravi pendant un moment des marches de pierre, je suis arrivée à une énorme roche divinisée. Une roche de granit de bonne qualité comme en produit la zone de collines alentour, qui avait peut-être au moins dix mètres de hauteur. Elle paraissait constituée de plusieurs rochers agrégés, mais selon le panonceau explicatif, c'était semble-t-il une seule pierre formant bloc. A cause de sa forme compliquée et de l'arbre qui étendait sa ramure en plongeant ses racines dans une fente au sommet, il n'était pas facile d'avoir une idée de l'ensemble, et par manque de point d'appui, pas facile non plus d'en faire le tour. Cet arbre paraissait fendre peu à peu la roche jusqu'à la faire éclater, à moins qu'au contraire la pierre ne tentât d'engloutir l'arbre. Comment quelque chose d'aussi gigantesque tenait-il ainsi en équilibre ? J'essayai à plusieurs reprises d'y trouver des points d'appui, mais en vain.

Au sujet de ce roc colossal, la légende disait qu'autrefois un tailleur de pierre qui voulait la découper, surpris par une fumée blanche s'élevant de la fente, était tombé en entraînant avec lui des éclats de rocher. Il est vrai qu'en surface on voyait des traces de tentatives de découpage et que des pierres plus petites étaient éparpillées dans le périmètre.

A la fin de ma promenade je me repose assise à côté de la roche. Il y a autant de blocs de granit que l'on veut à proximité, aussi je n'ai pas de peine à en trouver un qui me serve de banc.

Je réfléchis au sujet de la graine qui un jour est tombée dans la fente au sommet. Je suis admirative face à sa persévérance pour étendre ses racines à la recherche d'éléments nutritifs en se fiant au peu de terre qui s'y est accumulé par hasard. Désormais, l'arbre lui-même ne sait sans doute plus faire la différence : est-il végétal ou minéral ? J'imagine sa confusion. Ou alors je console le tailleur de pierre désorienté, persuadé qu'il a commis une erreur irréparable. J'observe attentivement le rocher. Pendant ce temps-là, le soleil commence à décliner, vient l'heure où je dois rentrer.

C'est le mois dernier que j'ai découvert sur le panneau à côté du portique l'annonce du sumô des pleurs d'enfants :

Sumô des pleurs d'enfants Inscription en cours
Qualification : de 0 à 2 ans
(mais il doit tenir sa tête)

Frais de participation : 5 000 yens
(bandeau et carton de couleur en forme de main
fournis. Pour l'acquisition de la ceinture de cérémonie à prix coûtant, ajouter 3 000 yens)
Après avoir rempli les rubriques nécessaires sur
la fiche d'inscription veuillez la déposer au bureau
du temple.
Par ailleurs, toute participation de manière imp-
romptue sera refusée.

J'ai relu cinq fois l'information.
"Euh…"
J'ai adressé la parole en hésitant à l'administra-
teur du temple.
"Qu'y a-t-il ? m'a-t-il demandé en s'arrêtant de
balayer.
— Il s'agit du sumô annoncé sur le panneau…
— Oui.
— Tout le monde peut y participer ?
— Oui.
— Même les enfants qui ne sont pas de la lignée ?
— Inutile de vous inquiéter.
— Même les filles ?
— Il n'y a pas de problème. Du moment qu'ils
tiennent leur tête.
— Leur tête…
— S'ils sont trop petits, c'est parfois difficile de
les faire pleurer, au contraire.
— C'est donc ça ?
— Effectivement, quand ils commencent à deve-
nir sauvages, c'est juste bien. Puisque c'est celui
qui pleure le plus qui gagne.
— A ce propos, tout nu ?
— Bien sûr. Puisque c'est avant tout du sumô.
Mais ils gardent leur couche.
— Je vois… ai-je acquiescé.
— Je vous en prie, n'hésitez pas à y participer.
Je vous attendrai."

L'administrateur du temple retourna à son balai, et je regardai à nouveau le panneau. Le bruit du balai sur le gravier me parvenait peu à peu tels des pleurs de bébé.

Le jour venu, bien avant de découvrir le portique on sentait déjà que l'atmosphère était différente. L'aspect des arbres, le battement d'ailes agité des petits oiseaux, comme s'ils étaient inquiets. Bientôt, portés par le vent, j'entends des pleurs de bébés. Au départ, ils sont si discrets qu'ils donnent l'impression de se perdre dans le brouhaha des ramures, mais prenant peu à peu de l'épaisseur, en plusieurs couches superposées, ils se mettent à résonner en blocs à contours distincts.

"Pas d'erreur", ai-je murmuré, et ne pouvant plus attendre je me suis mise à courir.

Même s'il y a encore du temps avant le début du concours, le sanctuaire regorge de bébés. Bébés, bébés, bébés. Rien d'autre. Bien sûr, il y a aussi le grand nombre d'adultes qui les accompagnent, mais le groupe de bébés écrase les alentours.

J'avance d'un pas au milieu du groupe. L'air devient soudain tiède et j'ai l'impression que ma gorge s'enroue, que ma poitrine devient douloureuse. La sensation du vert qui s'élève habituellement tout autour est chassée par l'odeur de lait, de couches et de bave qui émane des bébés. Même le calme qui règne alentour au fond de la forêt ne peut échapper à ces cris.

Comment a-t-il pu gravir le sentier de montagne ? En arrière-plan arrive un bus. Sur le pare-brise on aperçoit une plaque annonçant la navette du sumô des pleurs d'enfants. L'autocar déborde de bébés qui apparaissent l'un après l'autre pour venir s'ajouter au groupe. Des enfants qui tètent leur biberon, agitent leur hochet, se tordent de colère, dorment tête baissée, vomissent leur lait, sucent leurs doigts ; des enfants aux cheveux bouclés, trop gros, des triplés ; des enfants qui s'agrippent au portique, qui déchirent les ex-voto… Toutes sortes de bébés sont rassemblés là.

De leur côté ceux qui n'ont pas le premier rôle accueillent avec une excitation grandissante ce jour de fête qu'ils n'auront sans doute pas l'occasion de vivre si souvent dans leur vie. Des pères désorientés tenant leur appareil photo numérique aux piles défaillantes, des mères qui leur reprochent leur négligence. Des grands-mères qui appliquent généreusement de la crème de protection solaire, tandis que des grands-pères vont et viennent à la recherche des toilettes. Des frères et sœurs trop grands pour participer au sumô des pleurs d'enfants qui courent un peu partout à travers bois, trébuchent sur des racines et tombent, pleurant en poussant des cris bien plus aigus que ceux des bébés. Imperturbable au milieu de tout ce vacarme arrive la navette suivante.

Me frayant un passage dans la longue file qui attend à l'accueil, je progresse sur l'allée d'accès au temple. Lorsque je parviens au bureau du sanctuaire, dans l'espace vacant recouvert de gravier où habituellement je ne voyais que des pigeons se poser, je suis prise au dépourvu en découvrant des poussettes alignées. Même au rayon enfants des grands magasins je n'en ai jamais vu autant. De plus, alors qu'il y a un si grand nombre de bébés, toutes les poussettes sont vides. Ayant perdu leur seigneur, l'air désemparé, sous un grand *Daphniphyllum macropodum*, elles forment une file régulière. Sur le siège où en principe devraient s'enfoncer des fesses de bébé gonflées de couches ne s'étendent que des espaces vides tandis que les roues ancrées dans le gravier ne paraissent pas vouloir bouger. Même s'il y a des différences de forme ou de couleur, elles sont toutes égales en offrant un creux destiné à recevoir des fesses de bébé.

Le long du sanctuaire est installée une table à langer. Constituée d'une succession de plusieurs planches recouvertes de drap blanc qui confère à l'endroit une allure de loge pour les lutteurs rikishi. C'est là qu'avant la rencontre les bébés sont déshabillés, qu'on serre autour de leur tête un bandeau imprimé du caractère "fête" et autour de leurs reins une ceinture décorée. Avant cela, tous sont changés. Puisqu'ils vont prendre place sur l'arène sacrée pour offrir leurs pleurs à la divinité, pas question de mettre une ceinture sur des fesses souillées. Une dizaine de bébés dont la prestation approche sont allongés sur la planche, les fesses exposées à la vive lumière du jour.

Je pense que moi aussi j'aimerais bien changer au moins une fois les couches d'un bébé. Je voudrais être témoin de cette vie si précieuse, je voudrais prendre part à cette célébration de vénération des fesses qui n'ont encore rien perdu de l'aspect qu'elles avaient à la naissance.

Sans rien savoir de ce que je ressens, les parents à la table à langer sont tous debout très occupés par leur activité. Sans se rendre compte de la solennité de la tâche qu'ils sont en train d'accomplir, ils sont tout à leur travail qu'ils effectuent promptement.

Naturellement, les bébés sont beaucoup plus innocents. La nuque appuyée contre la planche trop dure, ils tripotent leur tétine ou sucent leurs doigts. Leur manière de lancer leurs jambes vers le ciel, libre et énergique, est telle qu'elle donne l'impression qu'ils vont s'envoler. Ils ne font même pas attention à ce qui se passe au niveau de la moitié inférieure de leur corps.

Je tente d'aller et venir aux abords de la table à langer avec l'idée d'aider au moins ces mamans débordées, mais le cas échéant je n'ai pas le courage de leur adresser la parole et finalement cela se termine par des claquements de langue, on me considère comme une gêneuse.

Les bébés apprêtés, dans les bras de leurs parents ou leurs grands-parents, formaient une longue procession avant d'entrer en scène. J'ai remonté la file en me frayant un passage à travers les arbres et je suis arrivée à un embranchement : les uns allant vers l'est les autres vers l'ouest, tandis qu'un peu plus loin on apercevait l'arène. Vide, c'était un simple rond de terre sablonneuse, mais maintenant pourvue du décorum dans la plus pure tradition, elle est devenue remarquable au point que je n'en crois pas mes yeux. En face s'alignent les places réservées aux familles et celles permettant aux représentants de la presse d'effectuer leurs prises de vue, et un peu plus loin il y a le palanquin sacré entouré de ses acolytes en veste happi toutes du même modèle.

Les rencontres ne tardent pas à commencer. D'abord l'est ensuite l'ouest, le nom et le lieu d'origine des bébés est annoncé au micro. Pendant ce temps-là, dans les bras de rikishi amateurs en tenue de lutteur les bébés arrivent sur le dohyô.

Censée venir en spectatrice du sumô des pleurs d'enfants, puisque c'est la première fois que je vois en vrai des gens en tenue de sumô, je suis d'abord captivée par la silhouette des lutteurs amateurs.

Profondément émue par la simplicité, proche du dépouillement, de leur tenue constituée d'une bande de tissu simplement enroulée autour du bas-ventre, je suis tout bonnement fascinée. La carrure imposante des lutteurs, leurs muscles bien travaillés et leur allure pure sont dans une magnifique harmonie avec cette simplicité. En plus ils sont jeunes. Leur peau est souple, leur tête aux cheveux ras a des reflets bleus et ils ont l'air si innocents qu'ils auraient pu participer eux-mêmes au sumô des pleurs d'enfants pas plus tard que la fois précédente. Quel est leur rôle ? Je pose la question à quelqu'un en happi. Citant le nom d'un célèbre lycée du voisinage, il me renseigne gentiment :

"Ce sont les jeunes de l'équipe de sumô. Chaque année ils sont chargés de ce rôle important."

Au moment précis où le bébé de l'est passe des bras de sa mère à ceux du membre du club de sumô, le temps se gâte, celui de l'ouest, quant à lui, arrive à peu près à tenir le coup, sans arriver à dissimuler son effroi.

"Hakkeyoi !"

L'arbitre qui s'est redressé déclare le combat ouvert. Après que les bébés, grâce aux lutteurs qui se penchent, ont posé en fluctuant leurs petits pieds sur le sable de l'arène non loin de la ligne de démarcation, ils sont soulevés dans les airs.

"Nokotta nokotta ! Nokotta nokotta !"

C'est alors qu'ils se mettent à pleurer de concert. Leurs visages en pleurs se rapprochent puis s'éloignent.

Sans plus de discordance, la couche culotte est adaptée à la ceinture ornementale. D'ailleurs, le contraste du blanc de la couche souligne la fraîcheur du vermillon et de l'outremer de la ceinture. Est-ce l'angoisse d'avoir été séparés de leur mère ?

Ont-ils peur de la tenue de l'arbitre ? Les bébés pleurent de toutes leurs forces. D'une manière extraordinaire, comme s'ils savaient parfaitement qu'aujourd'hui a lieu le concours du sumô des pleurs d'enfants. Des rires éclatent alentour. Des bandeaux glissent et tombent, de la morve et de la bave se mélangent, des larmes restent accrochées au bord des yeux serrés. De l'endroit où je me trouve, je distingue la petite cavité sans dents qui apparaît à l'entrée des lèvres.

"Kono shôbu, azukari."

L'arbitre a déclaré le match nul. Les bébés quittent le dohyô et reviennent enfin dans les bras de leur mère prête à les recevoir. Mais ils n'ont pas arrêté de pleurer. Comme s'ils contestaient la situation dans laquelle ils ont été placés ou s'ils se surveillaient sachant qu'il fallait être vigilant au cas où un membre du club de sumô ou l'arbitre referaient leur apparition, ils continuent à pleurer avec des cris encore plus stridents.

"Tu as bien pleuré, bien pleuré. Tu as été sage."

Les mères ne se souciant pas de leurs reproches les consolent en leur caressant la tête. Ce qui coule de leur nez pend au bout de leur menton. Là se pressent les caméras, les vidéos et les membres de la famille qui attendent pour changer les couches, et le cercle de louanges s'élargit. Déjà sur l'arène a commencé l'affrontement suivant.

Bref, cela se répète indéfiniment. Le lieu d'origine et le nom sont lus, deux bébés montent sur l'arène, sont déclarés azukari et redescendent. Il n'y a aucune exception. Les organisateurs se livrent entièrement au rôle qu'ils paraissent parfaitement habitués à remplir. Alors qu'au pied du dohyô se bousculent les spectateurs, les affrontements basés sur des règles strictes se poursuivent sur un rythme régulier. Dans les groupes qui s'agitent, seule la file des bébés qui attendent pour s'affronter avance régulièrement en direction de l'arène. La file s'étire encore jusqu'à l'infini et ne paraît pas vouloir se terminer.

Bien sûr, la même chose pourra se répéter autant de fois que nécessaire, les réactions des bébés seront différentes. Très rarement un qui ne pleure pas du tout provoquera des rires encore plus forts. Pourquoi est-il là ? Pourquoi tous ces gens sont-ils énervés ? Il a l'air infiniment perplexe. Ses petits yeux regardent de tous côtés, il tourne la tête pour essayer de voir le visage du lutteur amateur, observe le gland qui pend autour du cou du vainqueur en se balançant. Puis il déplace doucement son regard vers son adversaire.

Il flotte sur son visage une expression de commisération telle que l'on aurait envie de lui demander ce qui le rend aussi triste.

Il existe aussi toutes sortes de manières de pleurer. Ils se débattent, agitent bras et jambes en se tortillant, et le corps de certains explose littéralement, d'autres versent des larmes d'une tristesse insupportable qui leur viennent du fond du cœur. Ils sanglotent, s'étouffent, montrent le blanc des yeux, plongent dans une colère noire, pleurent par sympathie, font semblant ou chantent presque. On n'en aurait pas fini de les énumérer. Ici sont réunis tous les pleurs d'enfants.

En cours de compétition, l'arbitre change. Leur tâche doit être beaucoup plus éreintante que je ne le pense. Les sumô amateurs continuent leur travail en silence. Celui de l'ouest a une expression plutôt crispée, tandis que celui de l'est paraît plus détendu malgré son air de ne pas savoir avec quelle force maintenir ces petits êtres vivants élastiques et mous. Leur manière de les tenir est stable et ils regardent chaque bébé en souriant comme s'ils voulaient s'excuser de les faire pleurer ainsi. Ils ont une clémence telle que n'importe qui aurait envie d'être ainsi tenu dans leurs bras.

Des bébés tout petits. Cette chose naturelle me paraît mystérieuse. Des cheveux doux au point de donner l'impression de fondre dans la lumière, des mains minuscules au point qu'on hésite à leur donner le nom de main ; des oreilles, des lèvres et un nez frêles comme s'ils venaient tout juste de poindre. Une peau fraîche retenant une abondante énergie vitale, sur laquelle même la tache mongole ou les traces de piqûres d'insectes ont l'air de signes particuliers. Je finis par ne plus croire que les bébés sont des êtres humains au même titre que moi, que moi-même autrefois j'ai été une créature portant le nom de bébé.

Ensuite les jambes. Ces jambes censées chasser les calamités en effleurant le sable du dohyô sont dans la plupart des cas inachevées. Le bébé lui-même ne peut cacher sa frayeur à ce toucher râpeux. Comme si le sacré de ce qui s'étendait maintenant sous ses pieds prophétisait les souillures de toutes sortes qu'il aura sans doute désormais à fouler, il frémit. C'est pourquoi il pleure.

Ses sanglots ne doivent pas s'arrêter, fût-ce un seul instant. Ils tourbillonnent, ondulent et leurs anneaux concentriques s'étendent à la forêt. Les tympans sont immergés au fond d'un marais de pleurs. Aucun de nous ne peut sortir de cette forêt.

Le tailleur de pierre qui a tenté de fendre l'énorme roche, la graine d'arbre tombée dans la faille pleurent également. Non, les pleurs qui se répercutent jusqu'ici ne viennent que de moi. Je suis seule à pleurer en ce monde.

Sans aucun signe avant-coureur l'idée me vient qu'au sein d'une telle bousculade il ne serait pas étrange qu'un bébé au moins disparaisse. Il est descendu de l'arène et personne n'est venu le chercher, il n'a pas d'endroit où aller, un bébé quelque part abandonné, stupéfait dans les bras d'un sumô amateur...

J'observe avec encore plus d'attention la base de cette arène surélevée. Avec cette pensée, il me semble somme toute improbable que tous les bébés retournent sans s'égarer auprès de leur mère véritable. A m'embrouiller ainsi, ne serais-je pas sujette à quelque épuisement nerveux ? Une fois qu'elles ont déposé leur bébé, les mères vont et viennent à leur convenance. Poussées par la cohue, à leur insu elles s'égarent dans la forêt et pendant qu'elles lèvent les yeux vers la fente de l'énorme roche, certaines peut-être laissent passer l'occasion d'aller chercher leur bébé. On ne peut pas non plus écarter l'éventualité que l'une d'elle ait eu dès le départ l'intention de l'abandonner en profitant du désordre ambiant. Comme dans un jeu de cartes incomplet que l'on a beau retourner, dans n'importe quel regroupement il existe toujours des gens qui sont à l'écart, à l'insu de tous.

Cet enfant-là ? Cet enfant-là ? L'enfant qui suit ?

Mon regard n'est déjà plus sur le dohyô : il s'attache exclusivement aux bébés qui viennent de terminer leur rencontre.

Ce sera le prochain. Sûrement le suivant. Ce sera certainement le suivant.

Mais mon attente est régulièrement trahie. Quelqu'un vient au-devant de chaque enfant. Les parents ne les perdent pas de vue, ils savent bien que les bras du sumô amateur ne sont qu'un abri provisoire. La forme des bras de la mère est parfaite pour accueillir le corps de son bébé. De quelque manière qu'il pleure, il vient s'y blottir entièrement.

Je me demande quand une disparition va se produire, après combien d'enfants ? Et le moment où s'écroule le rythme régulier qui s'est longtemps poursuivi finit par arriver. C'est un garçon potelé qui n'a pas encore un an, avec plusieurs bourrelets autour du cou, des pieds et des mains. L'archétype même du bébé. Sa manière de pleurer elle aussi est orthodoxe. Sans aucune manœuvre, il se contente de pleurer parce qu'il en a envie.

La plupart des parents, l'air de ne pouvoir attendre plus longtemps viennent aussitôt chercher l'enfant, mais cette fois-ci le spectacle est légèrement différent. Même si le sumô amateur, debout au pied du dohyô, se tient prêt à le remettre à tout moment à quelqu'un, dans la foule on ne remarque personne venant à sa rencontre. Le sumô amateur commence à avoir l'air embarrassé, lui qui jusqu'à présent n'a pas encore été confronté à cette situation. Sur le qui-vive, il regarde autour de lui et ses mains glissées de chaque côté du corps du bébé s'agitent. Sans savoir ce qui se passe à son sujet le bébé jambes écartées continue à pleurer.

Est-ce lui ? L'enfant que je cherche…

Les battements de mon cœur soudain se précipitent, de la sueur perle à mon front. Quel magnifique bébé ! Dans l'étranglement des cuisses s'amassent des peluches, le petit nez se gonfle et se dégonfle avec énergie, l'intelligence donne à ses lèvres un contour net et déterminé. Même si les pupilles sont enfouies au fond de la vallée des joues, cela ne les empêche pas de jeter leur éclat noir à la face du monde.

Si je prenais cet enfant dans mes bras, quelle odeur aurait-il ? Certainement une odeur particulière que seul un bébé peut avoir. Il doit être plus léger que je ne l'imagine, et j'aurais peut-être du mal à le tenir. C'est que ses ongles, ses oreilles ou ses chevilles sont si petits. Ils sont certainement légers à un point inquiétant. C'est pourquoi je finis par avoir l'illusion que je n'ai rien dans les bras et instinctivement j'y frotte ma joue.

Maintenant je n'aurais sans doute qu'à tendre un peu les bras pour que le sumô amateur me confie celui-ci. Il n'a pas l'air très à son aise, il ne tient pas en place et ne sait que faire de l'enfant. Et celui-ci ne va pas tarder à pousser de grands cris.

Je réussis enfin à rencontrer à nouveau l'enfant que je cherchais. Celui-là est le bébé qu'autrefois j'ai fait tomber dans le puits. C'est mon petit frère. L'enfant auquel j'aurais dû donner naissance. Non, c'est moi-même.

"Excusez-moi."

Une mère arrive précipitamment, se frayant un passage à travers la cohue.

"Je suis désolée d'être en retard."

Elle rit innocemment. Comme si elle choisissait une carte sur un signal, sans aucune hésitation elle tend la main vers son bébé. Il prend place à l'intérieur de ses bras. Le sumô amateur soulagé se dirige vers l'affrontement suivant. La mère répète vivement le nom de son bébé, mais il pleure trop fort : le nom ne parvient pas jusqu'à mes oreilles.

(Manuscrit zéro)

Le lendemain (lundi)

Je passe ma journée à lire *Le Pavillon d'or* de Yukio Mishima. Je ne fais que lire et relire la scène où Mizoguchi le héros se promène au Nanzenji avec Tsurukawa son jeune cousin.

Ayant grimpé jusqu'au temple, appuyés à la balustrade ils admirent le paysage et remarquent la silhouette d'une jeune femme dans l'ermitage de Tenju qu'ils surplombent. La femme vêtue malgré la guerre d'un kimono de cérémonie à longues manches et de couleur vive, assise dans la pièce de réception au sol recouvert d'un tapis écarlate, est en train de servir un thé léger à un officier de l'armée de terre en uniforme. Ils ne se savent pas observés par les novices. Bientôt la femme découvre sa poitrine et tire sur son sein pour verser du lait dans le bol de thé. L'homme vide le bol.

Tout en se remémorant les gouttes de lait qui tombent dans le thé et remontent à la surface dans un nuage blanc en faisant des bulles, Mizoguchi grisé comme s'il avait devant les yeux un spectacle n'appartenant pas à ce monde, après la disparition du couple n'en finit pas de regarder la pièce au tapis écarlate.

Plus que le Pavillon d'or en flammes, c'est cet épisode raconté dans les premières pages du roman qui me touche profondément et lorsque bientôt Mizoguchi en vient à enflammer des brandons de paille avec une allumette, j'en suis toujours à ne pouvoir m'empêcher de me tracasser à propos de ce thé léger au lait maternel. Là, je reviens en arrière en tournant les pages pour retrouver la scène du Nanzenji. Je n'arrive pas à distinguer ce qui est le plus coupable : mettre le feu au Kinkakuji trésor national ou presser un sein maternel pour faire tomber du lait dans une tasse de thé ?

Par la suite, Mizoguchi et la femme se rencontrent à nouveau par hasard, et vont jusqu'à avoir une brève liaison, mais ce qui est étrange, c'est que le plus important pour Mizoguchi est ce sein. Quand apparaît devant ses yeux le sein aperçu entre les planches de la balustrade au sommet du donjon de l'entrée du temple, il y voit le Pavillon d'or. Dans son trouble il se persuade que pour conquérir cette femme il doit faire sienne la beauté du Pavillon d'or.

Mais dans ce cas la question n'est-elle pas celle du lait maternel plutôt que de ce sein ?

Alors qu'autrefois moi aussi j'ai certainement dû boire du lait maternel, j'en ai complètement oublié le goût. Je me souviens de mon petit frère quand il buvait son biberon de lait en poudre et que je le regardais en me disant que cela avait l'air bon, mais quand il tétait le sein maternel je ne ressentais rien de particulier. Ma mère n'ayant pas assez de lait complétait avec du lait en poudre.

Oui, ce lait en poudre vendu en boîte métallique piquait ma curiosité. De la couleur jaune pâle d'un poussin, la poudre ne pouvait être plus fine : son doux parfum faisait penser aux préparations pour les pâtisseries ; joues pleines de santé du bébé souriant sur l'étiquette. Combien de fois n'avais-je pas été tentée de plonger l'index dans la boîte pour y goûter ?

Mais cela m'était strictement interdit par ma mère.

"Parce que tu vas y mettre des microbes."

C'était la raison. Ma mère me faisait peur en disant que si l'on donnait un lait plein de microbes à un bébé tout propre qui venait de naître, il mourrait instantanément. J'observais attentivement mon index. En effet, il était imprégné de toutes sortes de choses : margarine de la cantine, crayon gras, morve, chassie, crotte de chien.

J'aimais observer les gestes de ma mère préparant le lait en poudre. Comme c'était à prévoir, ceux-ci débordaient de la pure conviction que le précieux liquide ne devait pas être souillé du moindre microbe. Le biberon était désinfecté par stérilisation dans un récipient spécial en aluminium. Le temps pour sa part était rigoureusement limité à douze minutes et le minuteur posé à côté de la gazinière cliquetait, égrenant les secondes. Ma mère veillait, le regard brillant, à ce que le biberon soit totalement immergé dans l'eau bouillante, et dès qu'il tentait de remonter à la surface, elle appuyait dessus du bout de ses longues baguettes de cuisine. Pip pip pip sonnait le minuteur. Et mon petit frère pleurait encore plus fort. Mais ma mère ne se précipitait jamais. Elle utilisait un objet métallique de fabrication spéciale pour sortir le biberon avec toutes les précautions requises.

Je me demande quel était le nom de cet objet. D'ailleurs je né l'avais jamais vu utilisé pour autre chose que la préparation du lait.

Sa forme était proche de celle d'une paire de ciseaux et en glissant le pouce et le médius dans les anneaux, on pouvait attraper le biberon avec l'extrémité formant pince. Rudimentaire, fait de fil de fer simplement recourbé, en regardant mieux, on voyait sa forme délicate et il n'avait jamais laissé échapper un biberon, ne serait-ce qu'une seule fois. Cette courbe calculée et la froide couleur argentée donnaient au biberon une présence particulière et la préparation du lait prenait l'allure d'une expérience chimique.

Puisqu'il s'agissait d'une expérience chimique, naturellement la poudre était mesurée avec exactitude. Recueillie dans la mesure fournie avec la boîte et que l'on faisait glisser contre le bord métallique qui en recouvrait le quart afin de doser le lait à la perfection. Ni trop, ni trop peu, le lait en poudre sur le dessus de la mesure conservait une surface impeccablement plane. Qu'un simple rebord métallique puisse accomplir une telle tâche m'émerveillait. Je ne pouvais m'empêcher de regretter que la surface ainsi déterminée tombe l'instant suivant avec autant de facilité à l'intérieur du biberon. Je me disais que ce serait tellement bien si je pouvais apprécier pleinement cette surface.

L'inclinaison du poignet versant l'eau bouillante, le regard lisant la graduation, la paume mesurant la température, les gestes de ma mère étaient le sérieux même. Persuadée était-elle qu'ils ne seraient jamais trop méticuleux pour éviter la mort de ce précieux bébé à cause des microbes de sa sœur aînée.

En comparaison d'une telle rigueur pour le lait en poudre, quelle est donc la vulnérabilité du lait maternel ? Il n'y a ni stérilisation ni mesure. La pince dans le style d'un instrument pour expérience ou la section de la feuille métallique à l'origine de la surface plane ne servent à rien. Il suffit de découvrir la poitrine. Si la femme au kimono à longues manches avait préparé du lait en poudre pour la tasse de thé, cela se serait adapté naturellement à la cérémonie du thé, et Mizoguchi n'en aurait sans doute pas été troublé.

Hier aussi sur le lieu du sumô des pleurs d'enfants j'ai aperçu plusieurs bébés pendant leur tétée, qui avec leur mère faisaient preuve d'une vraie dignité. Authentiquement naturels, sans défense, primitifs. Le sein apparaissant à peine sous le vêtement remonté, d'autant plus blanc qu'il était éclairé par le soleil miroitant à travers les branchages, opulent au point que les vaisseaux ressortaient, et le bébé avec sa ceinture décorée de lutteur, lèvres enfouies en plein milieu de cette rondeur avec une énergie telle qu'il ne craint même pas l'asphyxie. Bouche grande ouverte, tendons et chair qui vont du menton à la gorge ondulant en vagues successives, yeux grands ouverts fixés sur un point aux lointains. A l'opposé, la mère détendue paraissant réfléchir distraitement à quelque chose ne la concernant pas. Et pourtant, le lait affluait sans arrêt, venant des profondeurs.

Si l'on y réfléchit, de toutes les matières émises par le corps humain, le lait maternel est la seule qui ne soit pas traitée comme une déjection. Toutes les autres, considérées comme inutiles au corps humain, sont évacuées, personne ne se soucie de leur utilité postérieure. Bien sûr il y a sans doute des cas où elles servent à quelque chose en devenant de l'engrais pour la terre, mais cela se produit après leur sortie du corps, elles n'ont déjà plus aucun lien avec la personne.

Par ailleurs, même si comme les larmes, la sueur et la graisse, le lait maternel sort d'une glande à la surface de la peau, il rentre à nouveau dans un corps humain, faisant doubler de poids un bébé de trois kilos. Il nourrit l'officier de l'armée de terre partant au front de la tiédeur d'un bébé qu'il ne connaîtra pas. Il nourrit le jeune moine qui incendiera le Pavillon d'or.

J'essaie d'imaginer le goût du thé léger au lait maternel. A-t-il jailli avec force au point de frapper l'intérieur du bol ? A moins qu'il ne soit tombé goutte à goutte ? L'encolure du kimono en a-t-elle été salie ? Des taches ne se sont-elles pas formées sur le tapis de cérémonie écarlate ? De quelle manière se sont mélangées les couleurs lactescente et vert-jaune ? A moins que par discrétion le lait et le thé ne soient restés séparés en deux couches ? Du lait ou du thé, quelle odeur l'a emporté ? Sur la langue de l'officier comme sur celle du bébé n'est-il pas resté, opaque et blanche, une vague lie tel un duvet frisé ?

Il me vient tout un tas d'imaginations et je reste indéfiniment arrêtée à la page du Nanzenji.

Quand ma mère n'était pas là, lorsque mon petit frère pleurnichait, je le distrayais avec une méthode de mon cru. Je portais mon index à ses lèvres. Aussitôt, croyant à tort qu'il s'agissait d'un mamelon, il se mettait à téter vigoureusement. Persuadé que, s'il ne sortait pas de lait c'est qu'il ne tirait pas assez fort, il pressait le rythme. Il triturait mon index avec une énergie incroyable venant d'un être vivant aussi petit. Sa langue de bébé aspirait les microbes dont mon index était imprégné sans en laisser un seul.

Quand il relâchait mon doigt, le bout en était toujours violet comme s'il était mort.

Dans la soirée je finis encore par pleurer à la vue des "Jeunes pousses" aux nouvelles régionales.

(Manuscrit zéro)

Un jour de juin (mercredi)

Arrive une invitation pour la réunion en mémoire de Mme G, fondatrice du club de récitation.

"… Comme vous le savez, le mois dernier Mme G s'est endormie pour l'éternité. En conséquence, les membres de son club de récitation rassemblés organisent une réunion du souvenir. Retrouver des gens après si longtemps et échanger des propos sur les journées du club seront la meilleure manière de célébrer la mémoire de notre professeur. Nous souhaitons de tout cœur la présence de tous.

Par ailleurs, afin de mieux préparer cette rencontre, nous vous serions reconnaissants de bien vouloir nous faire parvenir avant le 15 de ce mois votre carte-réponse de participation…"

Le club de récitation était une sorte de petit cours ouvert à son domicile par une ancienne institutrice vivant dans le quartier où j'habitais enfant. Comme l'indiquait son nom le club se contentait de faire apprendre par cœur des œuvres littéraires d'époques et d'origines indifférenciées, et l'on pouvait douter de l'efficacité de ce genre d'activité pour augmenter le niveau de connaissances des enfants, mais il en rassemblait un nombre assez important. Si ma mère qui ne manifestait aucun intérêt particulier pour les études de ses enfants avait autorisé mon inscription précisément à ce club-là, c'est parce que cette vieille dame lui passait régulièrement commande de travaux de couture pour de coûteux vêtements occidentaux. Malgré la cotisation mensuelle, ma mère pensait sans doute rentrer dans ses frais.

La vieille dame semble-t-il fortunée à l'origine vivait seule dans une maison occidentale construite par un célèbre architecte. Sa terrasse bordée d'une arche et sa cheminée en briques étaient caractéristiques et le jardin était même agrémenté d'une serre qui le faisait prendre à tort pour un jardin botanique. Mais il y avait des plaques de verre brisées ici ou là et les végétaux à l'intérieur avaient tous crevé, leurs tiges et leurs rameaux desséchés enchevêtrés.

La séance du club se déroulait tous les samedis après-midi, de une heure et demie à deux heures et demie, dans le solarium ovale en saillie sur la façade est de la maison. Chaque mois Mme G décidait d'un texte que nous mémorisions avec ardeur. Le dernier samedi du mois, nous nous mesurions pour savoir lequel d'entre nous l'avait le plus correctement appris, et pour finir nous le récitions tous ensemble à voix haute.

Je ne me rappelle rien des directives que pouvait nous donner la vieille dame, ni de ses conseils concernant les moyens mnémotechniques, le placement de la voix ou l'explication de texte. Il me semble qu'elle se contentait de s'asseoir posément sur le rocking-chair au centre du solarium.

"Apprenez. Allez, apprenez."

C'était son expression favorite. Quand les enfants tiraient au flanc ou chahutaient, elle ne cessait de la répéter.

"Il faut apprendre."

Là se trouvait la menace d'être entraîné de gré ou de force au fond de l'océan de la récitation. Les jours où elle ne disait qu'une seule fois ce "apprenez" pendant l'heure de cours étaient peu nombreux.

Les textes choisis étaient variés : s'il y avait des œuvres pour enfants telles que la série du *Docteur Dolittle*, les nouvelles de Kenji Miyazawa, *Poil de Carotte* de Jules Renard ou *Le Prince heureux* de Wilde, il y avait aussi des textes franchement incompréhensibles tels que : *Ri Ryô* d'Atsushi Nakajima, *Hôjôki* de Kamo no Chômei ou *Boule de Suif* de Maupassant.

La tendance du club n'était pas de comprendre le contenu mais simplement de retenir les phrases par cœur, l'activité se concentrait sur ce point, et s'il y avait des caractères dont on ne comprenait pas le sens, il suffisait d'en indiquer la lecture en ajoutant des kana sur le côté, ce n'était pas grave. Sur le texte, les furigana étaient écrits en tout petit au stylo à bille bleu. Cette couleur bleue débordait de la conviction qu'aucun caractère n'était à négliger.

Etait-ce à cause de son éducation ? Cette dame n'aimait rien tant que le premier choix, par exemple même pour les vêtements dont elle commandait la confection à ma mère, ses exigences ne se limitaient pas au tissu mais allaient du bouton à la doublure en passant par le fil d'ourlet : elle ne supportait pas que ce ne soient pas les articles les plus raffinés. Même pour le club elle était habillée chic, coiffée comme si elle sortait de chez la coiffeuse et sentait toujours un parfum de qualité venant de l'étranger. A deux heures et demie, c'était l'heure du thé servi sur un plateau d'argent dont il émanait une atmosphère tellement romantique que même nous, les enfants, nous poussions des soupirs d'admiration. Théière, sucrier et assiettes à gâteaux étaient ornés du même motif de jolies petites fleurs assorties, cuillers et fourchettes en argent scintillaient avec élégance, et le rebord des tasses était souligné d'or, de sorte que nous hésitions à y poser nos lèvres.

Les gâteaux servis nous plongeaient également dans le ravissement : savarin, gâteau russe, marrons glacés, blanc-manger... Ne connaissant que les pâtisseries du quartier, nous découvrions tout cela pour la première fois de notre vie. D'ailleurs, la plupart d'entre nous étions peut-être inscrits au club de récitation uniquement pour les gâteaux.

La vieille dame servait le thé dans chaque tasse et distribuait les parts de gâteau dans chaque assiette avec une politesse exagérée, en faisant des manières. Je ne pouvais m'empêcher de m'inquiéter de ce que mon tour n'en finissait pas d'arriver, au point d'en perdre tout sens de la réalité.

Aussitôt après mon entrée au club, je me rendis compte que j'étais beaucoup plus douée que les autres pour retenir. Cela ne m'était pas du tout pénible d'apprendre les textes et je n'avais pas besoin de beaucoup d'efforts pour aller de l'avant. Traductions, classiques ou poèmes, dans quelque domaine que ce soit, aucun texte ne me posait problème. Je n'avais pas de méthode pour apprendre, je me contentais de lire d'une traite sans avoir recours à des techniques particulières, et alors que je persévérais, les phrases imprimées paraissaient se redresser progressivement pour se mettre en mouvement. Elles commençaient à quitter la surface plane pour passer à l'espace.

Les mots par exemple battaient des ailes l'un après l'autre comme des oiseaux qui se rassemblent en formation pour voler à travers ciel. Dans ces conditions il ne me restait plus qu'à suivre leur instinct de revenir au nid et le récit pouvait arriver à l'endroit où il devait aller. Ou encore, ils avançaient au pas cadencé. Leurs mouvements petit à petit s'écoulaient ensemble, s'harmonisaient, se mettaient à danser. De la même manière qu'un athlète de patinage artistique présente une chorégraphie avec aisance du début jusqu'à la fin, il n'y avait aucune hésitation dans la farandole des mots.

En d'autres termes, pour moi la récitation équivalait à suivre des yeux le trajet des oiseaux migrateurs, à apprécier la danse sur une scène.

Je n'ai reçu aucun enseignement de la vieille dame mais je pense que cette période d'ardente étude de la récitation m'a influencée lorsque longtemps après j'ai été responsable des grandes lignes. Si je n'avais pas participé à ce club de récitation, je n'aurais sans doute pas été liée à ces grandes lignes. Si je lisais un livre en vue de le retenir, le contour de la formation se détachait de lui-même, je pouvais saisir le rythme des mots défilant au pas cadencé. C'est ainsi que je suivais les grandes lignes avec aisance.

Simplement, au club de récitation je n'étais pas du tout une excellente élève. Parce que même si j'étais la première en vitesse et en exactitude de mémorisation, au stade de la récitation, ma voix était extrêmement fluette. Mme G aimait les voix fortes jusqu'à l'artificiel. Elle était persuadée que les récitations devaient se faire à haute et intelligible voix.

Parmi les membres du club se trouvait une fille de dermatologue qui avait le charme étrange d'une adulte. Une enfant à socquettes bordées de dentelle, aux yeux inutilement écarquillés, dont le regard noir se promenait avec curiosité. Sa faculté de mémorisation n'était pas si terrible que ça, mais sa voix qui récitait pleine d'émotion avec une énergie à faire trembler les vitres du solarium plaisait à la vieille dame. En revanche, la mienne était aussi misérable que les plantes crevées à l'intérieur de la serre. Elle n'avait aucune vigueur, elle était triste, et plus je récitais plus Mme G en était agacée.

184

La fille du dermatologue, même s'il y avait des endroits où sa mémoire était quelque peu défaillante, connaissait l'art de dissimuler en modulant ou utilisant les couleurs de sa voix. Sa voix et son attitude avaient une gaieté qui affirmait même les erreurs. J'avais beau avoir retenu correctement, ma voix avait des accents inquiétants comme si j'avais commis quelque faute. Quand ma récitation commençait, la vieille dame baissait les yeux l'air de déplorer que je ne puisse pas faire une chose aussi simple que de parler d'une voix distincte, pinçant ouvertement son front entre les sourcils ou appuyant ses doigts sur ses tempes. Après avoir achevé un texte, lorsque pour finir nous le répétions une dernière fois tous ensemble, l'ordre d'alignement devant elle se décidait naturellement. La fille du dermatologue se tenait au centre, moi à l'extrémité du dernier rang, à une place pratiquement cachée derrière le rideau.

Unissant nos voix nous récitions *Rashômon*, *Le Journal d'un éphémère*, les poèmes de Cocteau. Nous récitions également *La Salamandre*, *Le Livre d'images sans images* et *La Métamorphose*. Tous dressés sur nos talons, la tête bien droite, le regard fixé sur un endroit plus élevé que nous, nous faisions en sorte de produire la voix la plus forte possible. La fille du dermatologue qui bombait la poitrine avec encore plus d'enthousiasme que les autres prenait la direction du groupe et conduisait les nombreuses voix. Les mots se chevauchaient, les phrases ondulaient, les voix imperceptiblement prenaient le ton d'une litanie psalmodiée dans un sanctuaire. La vieille dame dans son rocking-chair devenue la maîtresse fêtée sur l'autel tendait une oreille satisfaite aux voix de ses serviteurs. Seule ma voix tombant au fond du courant s'y anéantissait, à bout de souffle.

Pendant les vacances de printemps de ma sixième année de primaire, hospitalisée pour une appendicite, je ne suis pas allée au club de récitation pendant quelque temps. La vieille dame vint me rendre visite la veille du jour où je devais quitter l'hôpital.

"Ce n'est pas rien, dis donc. Tu crois que tu pourras venir au club à partir de la semaine prochaine ?"

Il se trouve qu'à ce moment-là ma mère n'était pas présente.

"Oui, peut-être…"

L'anesthésie aurait dû ne plus faire effet depuis longtemps, mais je ne sais pourquoi je n'avais pas les idées claires. Plus je m'exhortais avec impatience à parler distinctement plus j'avais du mal à respirer : ne s'échappait de ma bouche qu'une voix encore plus misérable que lors des récitations.

"Mais il ne faut pas faire l'impossible, tu sais. Prends le temps de te soigner."

Pour une fois elle me parlait gentiment. Elle portait une blouse de soie confectionnée par ma mère sur laquelle était accroché un camée monté en broche. Chaque fois qu'elle bougeait, l'extrémité du ruban noué autour de son cou se balançait, et les boutons de nacre brillaient.

"Oui…

— Tu n'as pas à t'inquiéter, tu sais. Tu es parfaitement capable de rattraper ton retard."

Elle souriait.

"Voici une soupe de légumes spéciale."

Disant cela, elle déposa sur ma table de nuit une bouteille isotherme enveloppée dans un foulard.

"Directement héritée du professeur de cuisine française de ma jeunesse. On la fait mijoter pendant deux après-midi et deux nuits. C'est très concentré en extrait de légumes, c'est nutritif et comme c'est aussi très digeste, tu peux la consommer sans crainte."

Et faisant voleter le foulard qu'elle avait dénoué, elle avait quitté la chambre.

Le soir, j'ouvris la bouteille isotherme. Une bouteille élégante, digne de figurer dans le solarium. Je versai un peu du contenu dans la tasse en plastique et il s'en éleva une douce vapeur.

J'en bus une gorgée, attendis un moment avant d'en boire lentement une deuxième. Je regardai à l'intérieur de la tasse, jetai un coup d'œil au fond de la bouteille, reniflai l'odeur. Ensuite je bus le reste, m'en versai encore un peu après avoir secoué la bouteille par précaution, et me forçai à moitié à l'avaler. Mais j'eus beau en boire encore, ce n'était que de l'eau chaude.

Dans les toilettes sombres de la clinique, j'avais jeté ce qui restait à l'intérieur de la bouteille isotherme. La vapeur avait vaguement flotté quelques instants.

Je poste la carte qui mentionne que je ne participerai pas à la réunion en mémoire de Mme G, fondatrice du club de récitation

(Manuscrit neuf feuillets)

Un jour de juillet (dimanche)

Je suis allée par avion puis en train à grande vitesse shinkansen jusqu'à la ville lointaine de T. Où se déroulait un festival d'art contemporain.

J'attendis sur le parking de la gare qui m'avait été indiqué comme point de rassemblement ; des hommes et des femmes jeunes ou âgés participant au même voyage arrivaient de toutes les directions, échangeaient des salutations en silence.

Un étudiant à l'allure d'enfant obèse, un salarié aux cheveux de chat avec une cravate démodée, une demoiselle maigre comme une grue ayant mauvaise mine, une dame avec autour du cou une écharpe qui n'était pas de saison, une jolie femme aux ongles artificiels si longs qu'ils en paraissaient agressifs, et moi. Deux hommes et quatre femmes, six personnes en tout, formant un groupe qui allait suivre le même parcours toute la journée.

"Vous êtes tous là ? Vous êtes à l'heure au rendez-vous, n'est-ce pas. C'est parfait. Pour un départ dans les meilleures conditions. Bon, alors par ici je vous prie", dit le guide avant de nous conduire vers un minibus.

Contrairement à ce que j'imaginais, le guide était très vieux. Parce qu'il avait sa carte de guide agréé dans un étui en plastique accroché autour du cou et utilisait comme drapeau un bandana imprimé au logo du festival, on savait qu'il était guide, sinon il avait plutôt l'air d'un vieux grand-père maigre et affaibli comme on en trouve dans une salle d'attente d'hôpital. Avec son dos voûté et ses doigts noueux, ses rides étaient si profondément creusées que c'était à peine si l'on pouvait saisir sa physionomie. Sa voix était rauque, son dentier mal ajusté, et il flottait dans son pantalon trop grand.

"Bon, alors nous partons."

Sans se soucier de ceux qui s'inquiétaient pour lui, le guide d'un air habitué, après avoir vérifié une dernière fois le nombre de personnes, a fait signe au chauffeur de démarrer.

Le festival cette fois-ci ne consistait pas en une exposition d'œuvres dans un musée, mais en toutes sortes d'œuvres d'art contemporain utilisant des champs non cultivés, des petites constructions pour les travaux agricoles ou des locaux d'écoles désaffectées disséminés un peu partout à travers la vaste ville. Par conséquent les gens qui comme moi ne conduisaient pas effectuaient ce genre de circuit accompagnés d'un guide. J'avais choisi le parcours compact faisant le tour par le sud et l'ouest. A peine quelques minutes après avoir quitté le parking, le minibus emprunta une route de montagne et nous nous retrouvâmes environnés de vert profond.

"Vous êtes prêts, tous ?"

Après avoir présenté dans les grandes lignes les œuvres que nous allions apprécier, le guide penché par-dessus son siège à l'avant en tordant la moitié supérieure de son corps avait insisté sur la seule chose à laquelle il fallait faire attention :

"Respecter strictement l'horaire. C'est la seule chose que je vous demande de graver dans votre mémoire."

Après un toussotement, tout en replaçant avec sa langue son dentier qui en avait profité pour glisser, il nous avait adressé un regard à chacun.

"A chaque endroit de la visite, l'heure du rassemblement est fixée. Il faut absolument la respecter. Toucher discrètement une œuvre en ignorant l'écriteau qui dit de ne pas toucher, entrouvrir doucement une porte devant laquelle il est écrit défense d'entrer, se laisser aller à parler d'une voix forte, ce ne sont certes pas des actes dont on peut faire l'éloge, mais ce n'est pas bien méchant en comparaison de la stupidité qui consiste à arriver en retard à l'heure du rassemblement. Dans la mesure où je suis votre guide, je fais partir à l'heure dite ce minibus pour le parcours compact faisant le tour par le sud et l'ouest. Il n'y aura pas d'exception. Sachez qu'un retard même de trente secondes vous expose à vous voir refuser de prendre place dans ce véhicule. Attendez-vous ensuite à faire appel à vos propres ressources pour rentrer sain et sauf : faire du stop, franchir les montagnes à pied, passer la nuit à la belle étoile. Vous avez compris ? Soit dit en passant, il y a des ours dans les environs."

Impressionnés par la vigueur de cet avertissement, nous avions répondu en ordre dispersé un "Oui" d'une voix discordante.

"Nous sommes des voyageurs éphémères rassemblés par hasard à bord du même vaisseau. Nous allons faire le tour de quelques étoiles de ce vaste univers en dessinant le lieu géométrique d'une constellation. Attention, si l'un d'entre vous tombe de ce vaisseau, il se retrouvera dans une obscurité noir de jais."

Et sans doute satisfait d'avoir dit tout ce qu'il avait à dire, il hocha la tête avant de se tourner pour se rasseoir.

Après la transmission de cet avertissement, il ne resta plus qu'un silence persistant. L'étudiant obèse et le salarié aux cheveux de chat s'absorbèrent dans la lecture de leur guide tandis que Mlle Grue contemplait son propre visage blanc qui se reflétait sur la vitre. A côté la Belle griffue somnolait, Mme Muffler tressait et détressait avec ardeur les franges des glands de son écharpe.

Alors que la surface dénudée de la montagne approchait puis s'éloignait à nouveau, le champ visuel s'ouvrait soudain, des hameaux se profilaient, on apercevait des champs en escalier entourés de murets de pierres. Tous ces champs verdoyants où le repiquage du riz était terminé, pleins d'eau, réfléchissaient le ciel et semblaient flotter dans l'espace. Lorsque le vent soufflait, leur couleur en harmonie avec le bruissement des bouquets d'arbres ondoyait dans un bel ensemble, dessinant des motifs en forme de vague. Dans les virages le soleil changeait d'orientation et croyait-on l'avoir perdu qu'aussitôt des rayons de lumière arrivaient par l'avant. Où que l'on regarde il n'y avait pas ombre humaine.

Finalement nous avons franchi la montagne et nous sommes arrivés au premier point d'appréciation des œuvres sans que personne n'ait parlé.

Le minibus s'arrêta au pied d'un escarpement le long de la vallée d'une rivière.

"Ici vous avez dix minutes pour visiter. Nous partirons à douze heures vingt-cinq. C'est bien compris, n'est-ce pas."

C'est à ce moment-là que je l'ai remarqué : le guide portait à son poignet trop maigre une montre manifestement disproportionnée, lourde et encombrante, d'un style sévère.

Au signal de la déclaration du guide, nous sommes descendus du véhicule et nous avons escaladé la colline par la promenade. D'une manière inattendue, son allure était beaucoup plus vive que la nôtre. Sa pièce d'identité du fait de son cordon trop long se balançait à la naissance de ses jambes et la hampe de son drapeau à motif de bandana lui servant de canne, il franchissait sans difficulté la rocaille et les côtes. J'étais obligée de suivre à petites foulées pour ne pas perdre de vue son dos minuscule. Il avait la silhouette d'un bébé animal magnifique et teigneux.

Dès notre arrivée au sommet de la colline recouverte de sous-bois nous avons trouvé une œuvre devant nous. Deux tubes métalliques blancs verticaux et deux horizontaux formant un grand quadrilatère. Ayant à peu près trois mètres de haut. Vers le sommet sont accrochés deux morceaux de tissu finement transparents, qui flottent au vent en avant de nous.

"Pour les nombreuses fenêtres perdues", lit à voix haute pour nous tous la Belle griffue et nous les cinq autres laissons échapper un "Oh…" à peine prononcé. Ensuite chacun s'exprime, levant les yeux vers la fenêtre, touchant les voiles ou serrant les tubes entre ses bras.

Autour c'est vaste, la vue est magnifique, il n'y a aucun autre visiteur et rien ne nous empêche d'apercevoir les lointains sur lesquels se découpe la crête des montagnes. Alors que rien ne fait penser qu'il y ait autant de vent, des voiles ondulent sans arrêt en esquissant des courbes élégantes comme s'il suivait un tracé calculé. On a beau scruter le tissu blanc et transparent on n'y remarque aucune tache et il paraît doux au point que l'on aurait envie de se laisser aller à y frotter sa joue. L'harmonie des courbes des voiles et des mâts formés par les tubes ont la concision d'un signal adressé au ciel.

Sous la fenêtre a été installée une volée de marches qui conduit à la partie basse du quadrilatère. Le salarié aux cheveux de chat, Mlle Grue, Mme Muffler et la Belle griffue le montent l'un après l'autre.

"Je vois, c'est comme ça."

"Ah…"

"C'est agréable."

"Effectivement, il faut monter jusqu'ici pour comprendre."

Tout en jetant un coup d'œil à travers la fenêtre, chacun déclare son impression. L'étudiant obèse et moi nous cédons notre tour, mais nous sommes préoccupés par l'heure du rassemblement si bien que selon le principe du lady first je finis par passer la première.

Il suffit de gravir ces quelques marches pour que la vue s'élargisse encore plus et le ciel se rapproche. Le long de la pente onduleuse coule une rivière. Les voiles flottent encore plus, le vent traverse la fenêtre.

A la fin, c'est le tour de l'étudiant. Il avance le pied avec précaution, comme pour vérifier si son poids pose ou non problème. Il lève craintivement le pied. Tout le monde attend au pied de la fenêtre. Est-il retourné à la voiture ? Le guide a disparu à notre insu.

Après avoir observé un moment comme nous tous le paysage, l'étudiant ferme à demi les yeux, inspire profondément, pose le pied sur l'encadrement de la fenêtre. Comprenant ce qu'il s'apprête à faire, nous essayons de le raisonner :

"Il vaudrait peut-être mieux pas."

"Ne faites pas d'enfantillages."

"Ce sera terrible si vous vous cassez la jambe."

"Vous allez vous faire disputer par le guide."

Mais nos voix dispersées par le vent disparaissent le long du cours d'eau. L'étudiant sans aucune hésitation, entraîné par les ondulations du rideau saute de ce côté-ci vers l'autre côté de la fenêtre. Il vole doucement dans les airs et son corps dans l'encadrement de la fenêtre est brièvement enveloppé dans la lumière tamisée par les voiles : l'instant suivant, un grondement sourd et sinistre fait trembler la terre. Apparemment ses chevilles n'ont pas supporté le poids de son corps trop gros, il a fait la culbute et il a roulé. "Ça va ?" le questionne-t-on et peu après il se relève, balaie d'un geste l'herbe sur son pantalon, descend la colline en direction de la vallée où coule la rivière. Son dos paraît digne comme s'il voulait nous signifier qu'il se contente de suivre un plan préétabli.

"Dites, un instant, où allez-vous ?" l'interpelle la Belle griffue mais il ne semble pas vouloir se retourner.

"L'heure du rassemblement…"

Ne pouvant tenir davantage, je parle enfin de ce qui me préoccupait depuis tout à l'heure, et tout le monde garde le silence comme si c'était la seule chose qu'on ne voulait pas entendre. Et pendant ce temps-là, le dos de l'étudiant devient de plus en plus petit, apparaissant et disparaissant entre les buissons, finissant bientôt par se fondre dans le scintillement de la rivière : on ne le voit plus. La fenêtre toujours dressée garde le même aspect.

"De là-bas on ne peut pas revenir, n'est-il pas vrai ?" murmure Mlle Grue d'une voix calme.

Là où l'étudiant a fait la culbute, à cet endroit seulement l'herbe est abîmée pour une personne, le sol est creusé, ce qui raconte qu'il n'est certainement pas le seul à avoir sauté ainsi par la fenêtre.

"Bon, il va falloir y aller", dit quelqu'un, on ne sait pas qui, et rebroussant chemin nous retournons au minibus.

"Tout va bien pour vous ?"
Je ne sais pourquoi, le guide est de bonne humeur.
"Douze heures vingt-cinq. Nous partons pour le point suivant."
Il a levé le bras gauche pour regarder sa montre trop lourde. Il n'est même pas inquiet de l'absence de l'étudiant obèse. Avec un membre en moins, le minibus démarre. Le siège où tout à l'heure encore était assis l'étudiant est creusé comme le sol de l'autre côté de la fenêtre.

Quand on a quitté la montagne les nuages se sont éloignés et le soleil est devenu plus fort. Le salarié a enlevé sa veste et il est en chemise, le guide a essuyé sa transpiration avec le bandana de son drapeau.
Pendant que nous roulions, ne sachant pas dans quel paysage étaient dissimulées les œuvres, je suis restée sur le qui-vive. On pouvait laisser passer un chantier révélant un magnifique objet en armatures métalliques, remarquer trois barres scintillant au soleil s'avérant les mâts pour le lever des couleurs d'une banale école primaire. Instinctivement je fixe le toit en demi-cercle d'un hangar, une ligne à haute tension et même le banc d'un arrêt d'autobus en me disant : "Ah, peut-être que ça aussi ?"
"C'est comme le lendemain du jour où on est allé à la cueillette des champignons, tout ce qui sort de la terre, on croit que c'en est", a dit Mme Muffler sans cesser de tresser les franges des glands

de son écharpe. Il pouvait bien faire chaud elle n'avait pas l'air de vouloir l'enlever.

L'œuvre suivante à découvrir était présentée dans une ancienne filature. Le guide nous accorda dix-sept minutes. Dès notre entrée dans le bâtiment en bois sans aucun ornement et aux ouvertures condamnées avec des planches clouées qui se dressait le long de la nationale, nous avons plongé dans l'obscurité. Jusqu'à ce que mes yeux s'habituent, je suis restée un moment sans savoir à quelle hauteur s'étendait le plafond ni à quelle profondeur se prolongeait l'espace. La vaste pièce qui devait avoir à peu près la taille d'un gymnase était décorée sur toute sa surface de lampes dont émanait une lumière opalescente. Alors pourquoi était-ce si sombre, me suis-je demandé, et en regardant mieux j'ai vu qu'il ne s'agissait pas de simples lampes, que leur abat-jour était fait d'un T-shirt durci par de la cire d'abeilles. En plus, ces T-shirt étaient tachés de transpiration, effilochés, gardant ici ou là des traces comme si quelqu'un les portait encore un moment plus tôt. Le bas de certains était roulé, les manches d'autres pendaient, lâches comme si on avait tiré dessus. S'il y avait des tailles adultes, il y en avait aussi pour bébés.

Nous avons progressé lentement vers le fond en faisant grincer les lattes du plancher. La lumière au sein de chaque T-shirt formait à nos pieds de petites flaques ovales de lumière. Les flaques se succédaient au sol comme autant de lampes. Elles n'éclairaient pas l'obscurité alentour, se contentaient de rester discrètement dans leur coin, c'est pourquoi justement l'obscurité régnait.

Lorsqu'enfin nous sommes arrivés tout au bout, nous nous sommes retournés, pour voir les lampes qui pendaient du plafond changer étrangement de hauteur et tracer une pente allant du fond vers l'entrée. Les T-shirts les plus proches de nous étaient en position basse, plus ils allaient vers l'entrée plus ils se rapprochaient du plafond et alors que leur position n'était pas réglée au centimètre près, on sentait qu'il y avait une douce contrainte quelque part. Comme si toutes les lumières marchaient docilement ou posément sur un chemin déterminé et qu'elles ne pourraient jamais revenir en arrière.

Pour ne pas contrarier leur progression, nous faisions en sorte de ne pas faire de bruit intempestif. Pour ne pas faire grincer le plancher plus que nécessaire, nous nous concentrions sur l'extrémité de nos pieds. Même le panneau de recommandations en cas d'incendie, le tableau de distribution électrique, les cartes de pointage, tous ces vestiges de la filature restaient sagement plongés dans l'obscurité.

"Elles sont en train de s'élever vers le ciel, n'est-ce pas", fit Mlle Grue au creux de mon oreille. Le profil de la demoiselle à la lumière des lampes qui montaient vers le ciel ressemblait encore plus à celui d'un échassier.

A ce deuxième point de la visite, nous avions déjà assimilé l'art de nous adresser des signaux muets au sujet de l'accord sur le partage du temps, nous sommes alors montés tous ensemble à l'étage. Là, il n'y avait déjà plus d'obscurité ni de lumière : l'espace s'offrait sans défense à la lumière du jour. Toute la surface de la pièce était recouverte de minces fils de nylon blanc. Les fils enchevêtrés, comme des végétaux qui auraient poussé naturellement, comme des moisissures qui auraient trop proliféré, s'étendaient du plafond aux murs puis au sol.

Je me suis souvenue du camp de concentration d'Auschwitz que j'avais visité longtemps auparavant. Me revint à la mémoire le tas de cheveux

197

rasés qui remplissaient une vitrine. Depuis cette visite, la vue de fils vaporeux en grande quantité me rappelait systématiquement ces chevelures de Juifs. A la vue d'un tas de laine de verre lors du démembrement d'un immeuble ou de tentacules entrelacés flottant sur la mer lors d'une apparition anormale de méduses, j'avais été instantanément ramenée à Auschwitz. Je me retrouvais debout sur le sol triste et glacé du camp.

Les cheveux pour la plupart avaient perdu leur pigment, on ne savait pas quelle était leur couleur d'origine, et pourtant ils se tenaient là, respirant à peine, sans montrer le moindre signe de pourrissement. Forcés à se séparer de leur chair d'origine même si celle-ci avait été réduite à néant depuis longtemps, ils paraissaient frappés de stupeur, n'ayant pas d'endroit où aller. Ils paraissaient également las de cette stupeur et se laisser porter au fil des heures qui se prolongeaient interminablement.

Mme Muffler s'accroupit pour observer l'entortillement de fils qui arrivait à ses pieds, la Belle griffue essaya avec ses ongles de les désentortiller. Mlle Grue, comme à la recherche de l'étudiant disparu, observait les champs qui s'étendaient derrière les vitres.

Etaient-ce les cheveux que le groupe des lampes avait perdus ? Je me suis étirée pour essayer de toucher les bouts de fils qui pendaient du plafond. A ce moment-là mon regard a surpris le salarié qui, foulant le sol couvert de fils, marchait au centre de la pièce. Nous avons crié tous en même temps : "Ah."

Il est aspiré à vue d'œil vers le fond de l'entrelacs de fils. Et en même temps que s'estompe sa chemise blanche disparaissant sous les fils, le noir de ses cheveux perd rapidement sa couleur dans l'enchevêtrement porteur de lumière. De plus ses cheveux de chat se mêlent doucement à cet environnement sans montrer une grande résistance.

"Comme les cheveux d'Auschwitz", dis-je dans un murmure et personne ne réagit.

"Là c'est interdit, vous savez", le prévient la Belle griffue.

Pendant ce temps-là, les fils grignotent les chaussures de l'homme, étendent leur influence des chevilles vers les cuisses, ligotent l'extrémité des doigts. Comme un insecte pris dans une toile d'araignée, il finit par ne plus pouvoir bouger.

"Le guide a dit que c'était plus grave d'être en retard à l'heure du rassemblement que d'entrer là où c'est interdit."

Le ton de la voix de Mlle Grue est toujours aussi imperturbable.

Maintenant les cheveux de l'homme sont en retrait comme s'ils continuaient d'attendre en prison leur maître qui ne revient pas depuis de longues années.

La Belle griffue tousse, Mme Muffler resserre son écharpe et au signal nous redescendons l'escalier. Sans un regard pour les fils enchevêtrés et la procession de lumières, nous laissons l'ancienne filature derrière nous.

Nous déjeunons dans l'auberge de source thermale le long du torrent. C'est une petite auberge de plain-pied en bois accrochée comme un support en équilibre à mi-pente au bord de l'eau, au toit de tuiles moussues, où la lessive sèche dans l'arrière-cour. Sur la terre battue au bout de l'entrée le riz est déjà cuit dans une énorme marmite.

On nous a conduits dans une pièce de huit tatamis bien ensoleillée avec un foyer creusé au centre où un ours à collier empaillé saute tout d'abord aux yeux. Ensuite nous avons compté inconsciemment le nombre de plateaux préparés. A partir du coin le plus proche de l'entrée, le guide, moi, Mme Muffler, la Belle griffue, Mlle Grue, nous avons pris place dans cet ordre. Même si nous faisons attention en nous asseyant, il y a néanmoins deux plateaux en trop dans un coin.

Mais bien sûr, le guide n'y fait pas attention. Il devait certainement avoir trop faim. Les yeux étincelants faute de pouvoir se lécher les babines, faisant se balancer son accréditation trop longue il jette un coup d'œil à l'intérieur de la marmite qui pend au-dessus du foyer. Dedans mijotait de la soupe à l'ours.

La tenante de l'auberge ayant apporté la marmite de riz, on a commencé à se sentir à l'étroit dans la pièce. Le guide a rempli lui-même cinq bols et nous a servi la soupe dans cinq autres bols. Cela faisait-il également partie du travail de guide ? Son service était admirable. Le riz formait une jolie rondeur dans les bols, la soupe à l'ours fut partagée en cinq parts égales, le bouillon et les ingrédients équitablement répartis. Il n'y eut pas à en ajouter et il n'en manqua pas. Pendant ce temps-là, l'ours à collier empaillé avait les yeux rivés sur nous.

Il s'agissait d'une naturalisation assez ancienne. La fourrure n'était pas lustrée, le collier en forme de croissant de lune avait jauni, des moisissures poussaient au bout du nez. L'animal ne paraissait pas menaçant, son expression était plus proche de l'étonnement, comme si au cours d'une prome-nade il se retournait soudain. Ses yeux de verre, petits par rapport à son visage, offraient un tourbil-lon de noir et de marron foncé.

Il n'y avait manifestement pas d'autres clients, la rivière murmurait au loin, ne flottait dans la pièce que le bruit de notre mastication.

"On pêche quoi dans la rivière ?"

"L'hiver il doit y avoir pas mal de neige."

"Cet ours, c'est un mâle ? Une femelle ?"

De temps à autre quelqu'un ouvrait la bouche mais la conversation ne se poursuivait pas : le silence revenait aussitôt. Nous faisions tous en sorte de ne pas remarquer dans notre champ de vision les plateaux devant lesquels personne n'était assis, et à cause de cela nos regards étaient contraints. Chacun semblait souhaiter au fond de son cœur que si possible personne n'aborde le sujet de ce que pouvaient faire les deux hommes à ce moment précis.

Au sein de cette atmosphère le guide, montrant un vif appétit, ne tarda pas à se resservir en riz. Malgré sa montre sévère, son geste était léger, il maniait aisément la pelle à riz plus grosse que son bras.

La soupe à l'ours avait goût de miso. Légers, gluants, croquants, au chapeau rond, en ellipse, au pied épais ou tordu… Elle contenait beaucoup de champignons de toutes sortes que je n'avais jamais vus. Dans la soupe épaisse et collante, ils se heurtaient, s'enchevêtraient. A la suite du guide, la Belle griffue reprit du riz, suivie de Mme Muffler et bientôt même Mlle Grue tendit son bol. On comprenait que chacun n'en reprenait pas parce qu'il avait faim, mais pour essayer de combler le silence qui stagnait dans la pièce.

"Bon, allons-y."

Le guide reprit la pelle à riz avec entrain.

"Il y en a encore beaucoup vous savez."

Il entamait tout naturellement son troisième bol.

Quand je brassai ma soupe à l'ours, des morceaux de viande remontèrent du fond. Une viande sombre et ferme. A ce moment-là je ne sais pourquoi mes yeux ont soudain croisé ceux de l'ours à collier.

"Tu vas vraiment manger ça ?"

J'eus l'impression que ses yeux de verre m'interrogeaient.

"Tu vas vraiment le mettre dans ta bouche et l'avaler ?"

A côté de l'ours les deux ensembles plateau et coussin étaient toujours vides. J'ai pensé que les deux hommes avaient peut-être été dévorés par cet ours à collier.

"Après déjeuner quinze minutes de repos."

Et le guide a donné de la voix pour annoncer l'heure du départ de l'après-midi :

"Ecoutez-moi bien. Le minibus partira à deux heures vingt."

Notre bol de soupe à l'ours à la main, nous acquiesçons faiblement toutes les quatre.

Grâce à la direction remarquable du guide, la visite d'après déjeuner se poursuit rigoureusement selon l'horaire. Sculptures de charbon alignées dans le tunnel d'une gorge, anneau de seize mètres de diamètre accroché en plein milieu d'une forêt, fleurs de poterie occupant la salle de séjour d'une vieille maison, pendant que nous visitons tout cela, aucune de nous quatre ne vient à manquer.

Les hommes ayant disparu, maintenant que nous ne sommes plus que des femmes, on dirait que nous avons gagné en cohérence. Depuis toujours ce sont les garçons qui ont tendance à se perdre. Dans les grands magasins, au bord de la mer ou au cours d'excursions, en général ce sont les garçons qui finissent toujours par s'écarter étourdiment du chemin et s'égarer dans l'angle mort des adultes. Leurs rétines ne seraient-elles pas un peu décalées par rapport à celles des filles ? ils font beaucoup moins bien la mise au point.

Visite, déplacement, visite, déplacement : au fur et à mesure que le corps s'habitue à ce rythme, la scène du festival de bonsaïs auquel je suis allée en compagnie de l'assistant social R et l'écrivain Mlle W me revient à la mémoire. A ce moment-là également, on regardait, on avançait de quelques pas, on regardait encore et ainsi de suite. Les bantams à perruque blottis sous l'estrade étaient mignons.

Ce que je crains, ce n'est pas de m'égarer, mais que ceux qui étaient près de moi ne s'éloignent. Au festival de bonsaïs au début nous étions trois et au retour j'étais seule. R et Mlle W, assis à l'ombre d'un keyaki, l'un jouant de la trompette, l'autre caressant les mousses, étaient tout à fait détendus. Même les bantams à perruque les avaient rejoints, et Mlle W était enthousiaste au point de presque les prendre dans ses bras pour caresser leur crête. J'avais bien essayé d'une petite voix d'attirer les bantams en leur disant : "Venez par ici" mais cela n'avait servi à rien.

Et il n'y a pas que le festival de bonsaïs. Si je me retourne calmement, ma vie n'a-t-elle pas été une suite de pertes de personnes se trouvant tout à côté de moi ? Mme Wako et Mlle Néné aussi, le professeur Z, J la tourneuse de pages de partitions, le pilleur de cocktail, les bébés du sumô des pleurs d'enfants, la maîtresse du club de récitation, R et Mlle W, l'étudiant obèse, le salarié aux cheveux de chat : ils ont tous disparu, me laissant là. Mes yeux ont beau papillonner, leur silhouette ne se reflète plus sur ma rétine.

"Zéro."

Combien de fois n'ai-je pas écrit cela dans mon journal. Un nombre incalculable de fois.

Bien que nous soyons maintenant un groupe de quatre femmes notre relation n'a pu s'ouvrir. Sans rien changer à nos habitudes nous faisions en sorte de ne pas parler exagérément et de respecter mutuellement nos moments de calme. Faire irruption dans la vie privée, étaler ses connaissances au sujet d'une œuvre, se mêler des affaires d'autrui, s'exciter à tort et à travers : aucune de nous ne se comporta d'une manière aussi indécente. Ayant pris place aux quatre coins du minibus pour ne pas se retrouver à côté l'une de l'autre (grâce aux deux absents nous étions assises confortablement) et devant les œuvres nous gardions nos distances. Parfois, l'une de nous laissait échapper une vague impression, mais ce n'était rien d'autre qu'un monologue.

"Ici justement, une crotte de chauve-souris donne la touche finale."

"Cette finesse et cette froideur, on a envie de les briser d'un coup sec. Cela ferait certainement le même bruit qu'un péroné qui se casse."

"C'est la même couleur que la soupe à l'ours qu'on a mangée tout à l'heure."

Les impressions étaient impitoyables. Celles de Mlle Grue en particulier dont le tranchant était vif.

Bien sûr nous faisions scrupuleusement attention à l'heure du rassemblement. Après le déjeuner le guide devint de plus en plus zélé, mais qu'il s'agisse du ton de sa voix annonçant l'heure du rassemblement ou de l'énergie avec laquelle il brandissait son bras gauche, plus rien de ses excentricités ne nous effrayait. Sa montre manifestement bon marché mais massive brillait effrontément à son poignet osseux.

Même là j'ai fait de nouvelles découvertes à propos de mes compagnes. Nous étions dans le jardin en train de regarder à travers la baie vitrée les fleurs de poterie exposées dans la salle de séjour de la vieille maison, lorsqu'en me baissant je découvris les doigts de la Belle griffue posés sur l'encadrement de la vitre. Ce que j'avais pris au départ pour les ongles extravagants d'une belle femme aimant se faire remarquer, maintenant que je les voyais de près m'apparaissaient à eux seuls comme une véritable œuvre d'art. Tout d'abord les dix ongles avaient tous un dessin différent. De plus aucun trait de chaque dessin complexe n'était bâclé et le vert et le beige utilisés pour le fond presque comme de la peinture à l'huile présentaient même ici ou là un certain relief. Les ongles avaient beau être longs, l'espace restreint avait été employé au mieux jusque dans les coins. Et pourtant il n'y avait pas d'excès, une vue d'ensemble donnait un léger sentiment de cohérence.

"Ah, ça ?"

Me voyant fascinée, la Belle venait exceptionnellement de m'adresser la parole.

"C'est la métamorphose d'un yago.

— Un yago ?

— Oui. Ça montre les différents aspects de la transformation d'une larve yago en agrion. En allant du petit doigt de la main droite jusqu'à celui de la main gauche, dans l'ordre."

Ayant écarté tous les doigts d'un coup, elle me tend les mains. Effectivement, l'ongle de son auriculaire droit représente un yago avec ses pattes fines mais fermement repliées et son corps allongé dont on voit les muscles en transparence. L'arrière-plan apparemment aquatique exprime une sensation d'humidité tranquille jusque dans les rides qui se dessinent, de telle sorte que l'on a l'impression que la nymphe vient à peine de sortir de l'eau à la naissance de l'ongle.

"Tenez, ici. Vous voyez le trombidion caché ? C'est ce que mange le yago."

Effectivement le long de la courbure de la cuticule se tortille un insecte rouge filamenteux.

"Ils se nourrissent de trombidions ?

— Oui. Ce sont des carnivores assez sauvages. Des vers ou des petits carassins, ils ne mangent que des choses vivantes."

Comme de bien entendu, dans la mesure où elle les a dessinés sur ses ongles, la Belle connaît à fond l'univers du yago.

A l'annulaire, le yago pointe sa tête hors de l'eau, sur le médius il se déplace à l'extrémité d'un petit rameau et sur l'index il soulève sa queue, se mettant enfin en position.

"Il frémit d'impatience, n'est-ce pas. Puisque va commencer maintenant la grande transformation du yago aquatique en demoiselle aérienne", m'explique-t-elle en faisant tressauter son index. La queue du yago tremble réellement en cadence et il me semble qu'il en jaillit des gouttelettes.

Sur l'ongle du pouce, la tête fendue sur l'arrière laisse apparaître la nouvelle. Quand on passe à la main gauche, l'imago montre une vigueur digne d'un carnivore et du pouce vers l'index, l'intérieur force impitoyablement l'extérieur. Il semble que le point particulier de passage se trouve à peu près entre le pouce et l'index, et là sur le yago apparaît d'un seul trait le visage de la mort, qui rehausse la fraîcheur de la libellule. L'extrémité de la queue est encore à l'intérieur de la chrysalide et le corps qui commence tout juste à entrer en contact avec l'air extérieur est d'une faible couleur chair, alors que pourtant le bout des pattes accrochées au petit rameau est plein de force.

Quand on arrive au médius, la queue qui était arquée se dresse tout droit et sur les ailes adhérant fermement l'une à l'autre commencent à ressortir un motif de rayures. A l'arrière-plan le yago devenu dépouille écarquille ses deux orbites avec l'air égaré d'un enfant abandonné.

La demoiselle sur l'annulaire est sur le point de s'envoler. Ses ailes déjà sèches ont encore plus de transparence, ses pupilles noires sont solidement braquées vers l'avant. Derrière le petit rameau le vert des arbres est dense, et dans les interstices on distingue à peine la surface de l'eau qui tout à l'heure encore constituait son habitat naturel. Elle est fin prête et n'a aucun regret.

Sur l'ongle du petit doigt de la main gauche n'était dessiné que le petit rameau. L'agrion s'était déjà envolé et avait-il été balayé par le vent ou réduit en poussière par la décomposition ? On ne voyait plus aucune trace du yago. Seul le soleil miroitait à travers la ramure.

"C'est bien réalisé, vous trouvez ? Ah ah."

Tout sourire la Belle griffue a retiré ses mains.

"Il existe des salons qui font ça ?

— Non. Je le fais moi-même.

— Oh. Vous-même… On croirait voir une encyclopédie.

— Ça en a l'exactitude. Il y a toutes sortes d'autres séries, vous savez. Par exemple la construction d'un nid de termites ou la prédation des balanes. Celle de l'accouplement des paradisiers a également beaucoup de succès. Ah, bon. C'est l'heure. Il faut y aller."

Là finalement j'ai mis bien plus de temps à observer ses ongles qu'à regarder l'exposition.

Ensuite j'ai compris petit à petit pas mal de choses au sujet de l'écharpe de Mme Muffler. Elle était en coton crocheté avec des motifs géométriques et si longue qu'elle permettait largement de faire deux ou trois fois le tour de son cou. En plus les glands qui pendaient aux deux extrémités dont les franges toutes frisottées et ondulées à force d'être sans cesse tressées et détressées (c'était sa manie) présentaient une courbe particulière.

De quelle couleur était-elle à l'origine ? Il m'a semblé que c'était dans les bleus, mais avec le temps elle avait acquis une couleur passée indéfinissable. Surtout aux endroits directement en contact avec le cou où l'on ne pouvait plus distinguer la couleur de l'écharpe de celle de la peau : il fallait une bonne dose de concentration pour s'assurer de la ligne de démarcation. Je m'y étais si bien habituée que je n'y avais pas attaché d'importance, mais en y réfléchissant, je m'aperçus qu'elle ne l'avait même pas quittée pour le déjeuner. Elle s'était fort bien débrouillée pour éviter que les franges ne trempent dans la soupe à l'ours ou les cendres du foyer lorsqu'elle se penchait. Comme si elle voulait montrer qu'il ne s'agissait pas d'une simple écharpe, dans la mesure où elle adhérait à son cou comme une peau.

Lorsque Mme Muffler levait les yeux vers des œuvres exposées en hauteur, c'est-à-dire quand il paraissait imminent qu'un espace, si minime fût-il, allait se créer entre son menton et l'écharpe, j'accommodais discrètement mon regard dessus. Contrairement à ce qui s'était passé pour la Belle griffue, j'avais l'impression que Mme Muffler n'avait peut-être pas très envie d'être questionnée au sujet de son écharpe, aussi faisais-je très attention à la déranger le moins possible. Car on se savait pas ce qu'elle pouvait dissimuler. Un tatouage au motif effrayant, la cicatrice d'un coup de couteau, une excroissance en forme de masque humain…

Mais je concentrai mon regard en vain. N'entrèrent dans mon champ de vision que taches de

transpiration, restes de nourriture ou pellicules accrochés aux mailles : je ne vis rien d'important. Quand
elle avait fini de regarder une œuvre Mme Muffler
resserrait l'écharpe autour de son cou.

Je me rends compte que distraite par mes compagnes je me suis éloignée de l'appréciation artistique et je décide de me corriger avec les œuvres
présentées dans l'école désaffectée.

"Ici c'est vraiment vaste vous savez. Le temps
de visite est plus long mais cela ne vous autorise
pas à relâcher votre vigilance. Vous avez compris,
pas vrai ?"

Alors que la seconde partie de la journée avance,
le pas du guide se fait de plus en plus léger, sa
montre devenant de plus en plus étincelante au
soleil qui se réverbère sur le vert des montagnes.
Le bandana noué à sa canne ondoie joyeusement.

Le bâtiment de l'ancienne école primaire de
deux étages en béton armé paraît plus solide qu'on
pourrait le penser. L'entrée du gymnase où se
succèdent les casiers à chaussures constitue le
point de départ, là se trouve également le point
de vente de souvenirs où sont alignés bonbons à
la cannelle, biscuits à la mélasse et galettes aux
noix. La grand-mère chargée du point de vente
assise à la caisse somnole paisiblement.

"Et si nous visitions en nous tenant toutes les
quatre par la main ?"

Mlle Grue vient de faire cette surprenante proposition.

"Oui. C'est une bonne idée.

— Ça paraît sombre à l'intérieur, et il y a tout
un tas de salles…

— C'est pour la sécurité", sommes-nous tombées
d'accord aussitôt.

Je suis vaguement soulagée car il est clair que je ne suis pas la seule à me préoccuper des disparitions.

Tout naturellement en tête vient Mlle Grue, suivie de Mme Muffler, moi et la Belle griffue qui nous donnons la main. De la main gauche je serre la droite de Mme Muffler, et de la droite la main gauche de la Belle griffue. Dans ma paume tient sagement la chrysalide qui rend son dernier soupir pour celle qui va naître en la déchirant. En même temps, les franges des glands de l'écharpe me chatouillent le poignet gauche.

"Allons, il n'y a pas de temps à perdre", nous presse le guide.

Au moment où Mlle Grue ouvre la porte du gymnase, une odeur de paille nous assaille. Le sol en est entièrement jonché. C'est un gymnase tout à fait ordinaire, désert, dont la charpente métallique est à nu, avec une scène au fond. Mais il n'y a déjà plus aucune sensation de présence d'écoliers, l'intérieur plongé dans la pénombre avec allumées ici ou là de vagues lumières orange est uniquement enveloppé d'odeur de paille. Après une pause pour reprendre notre souffle, sans que personne n'ait particulièrement donné le signal, nous nous mettons à marcher lentement.

On remarque bientôt un son bas et continu qui ne relève pas du bourdonnement d'oreilles, mais un peu trop insistant pour qu'on n'y prête pas attention. Sur le moment je pense que le bruit d'ailes de la libellule qui vient tout juste de naître doit sans doute ressembler à cela et je mets de la force dans ma main droite. Je sens les ongles s'incruster dans ma paume.

"Ah, des ventilateurs", murmure Mlle Grue.

Effectivement dans la paille sont alignés des bancs sur lesquels tournent des ventilateurs. Au long cou, au treillis rouillé, avec minuteur, aux pales bleues ou blanches, il y en a pour tous les goûts, mais ils sont usagés et l'on pourrait difficilement dire que ce sont de nouveaux modèles. Sans montrer de lassitude, faisant ronronner leur moteur, ils continuent en remuant la tête à envoyer longuement de l'air dans des directions déterminées. Aucun ne sabote son travail. Tout en se percutant ici et là, ou en se chevauchant, les légers tourbillons d'air soulèvent dans tout le gymnase une odeur de paille. Formant une file nous serpentons entre les bancs, traversons le local technique sous la scène, suivons un corridor, nous déplaçant en direction de la cour de récréation.

Classes qui se succèdent à intervalles réguliers, longs couloirs, paliers, sorties de secours, salle des professeurs, réfectoire, cuisine, petites toilettes et petits lavabos…

Alors que l'équipement de l'époque de l'école primaire est resté inchangé, les fenêtres qui ont été bouchées interceptent la lumière du jour et toute vie s'est volatilisée, tout est enseveli dans la pénombre. Parfois d'autres visiteurs nous dépassent, mais leur présence est incertaine, personne ne se retourne sur nous. La seule chose que nous sentons vraiment c'est nos mains reliées l'une à l'autre.

Nous passons visiter chaque classe. Des tissus pendent, des boîtes sont alignées. Les tissus ressemblent à des suaires, les boîtes à des cercueils. Seraient-ils destinés à ensevelir les souvenirs des enfants qui ne reviendront jamais en ce lieu ? Les boîtes paraissent juste à la bonne taille pour qu'un corps allongé sur le côté, le dos rond, puisse y tenir, et je songe un instant à l'effet que cela doit faire, mais je réagis aussitôt en secouant la tête. Attention danger. C'est ainsi que l'on s'égare, comme un enfant perdu. N'est-ce pas justement pour cette raison que nous nous tenons par la main ? Comme l'a dit le guide, il faut rester sur ses gardes. C'est ce que je me répète.

A ce moment-là, un bruit sourd et déchirant se fait entendre à l'étage au-dessus. Un bruit qui l'emporte de loin sur celui des ventilateurs, qui fait trembler l'air à un rythme régulier. Je sens la queue du yago vibrer sur ma paume comme s'il avait peur. Immobiles au milieu de l'escalier nous recueillons de tout notre être ce bruit impressionnant qui se déverse au-dessus de notre tête. Nos paumes deviennent moites.

Bientôt nous comprenons que cela aussi fait partie de l'œuvre, qu'il s'agit seulement d'un mécanisme qui augmente l'intensité des battements du cœur, et nous retrouvons aussitôt notre calme. Le son des différents liquides : sang, lymphe ou liquide amniotique qui circulent à travers le corps, brouillé, a des accents menaçants. Je le sais car auparavant j'ai acheté un disque des bruits que le fœtus entend à l'intérieur de l'utérus.

Plus aucune de nous quatre ne parle. Que nous nous arrêtions ou avancions, restions longtemps ou en finissions brièvement, passions au centre ou nous approchions du bord, nous comprenons tout au seul signal transmis par nos paumes. C'est pourquoi nous ne tirons ni ne lâchons nos mains. Un fil nous relie.

Lorsqu'enfin nous sommes arrivées dehors, il nous a fallu un peu de temps pour que nos yeux s'habituent à la lumière extérieure. Le soleil ne donnait pas encore l'impression de descendre mais le vent apparemment s'était levé, des nuages filaient dans le ciel et la montagne murmurait.

"Bon, retournons au minibus", a dit Mlle Grue.

C'est là que je me suis aperçue de la bévue que j'avais commise et j'ai poussé un cri perçant :

"Zut !"

Dans ma main droite il n'y avait pas celle de la Belle griffue. Elle avait disparu avec son yago. Je ne savais depuis quand je serrais celle du guide.

"On a été trompées…" ai-je gémi sans savoir qui avait trompé qui et comment.

"Pourquoi, à notre insu…"

Personne n'a daigné répondre, seule Mme Muffler s'est contentée d'un petit soupir. La grand-mère chargée de la vente de souvenirs continuait toujours à somnoler.

Tout à l'heure encore, c'est sûr, au creux de ma paume le yago se transformait en agrion. Il me restait très nettement la sensation de l'arc de sa queue, les aspérités du bout de ses pattes, de ses ailes s'ouvrant peu à peu. Mais maintenant la main du guide était sur ma paume. Comme la dépouille abandonnée du yago, desséchée, elle était rêche au toucher.

"C'est l'heure savez-vous."

Le guide me lança un regard en souriant gracieusement.

"Allez, nous partons enfin pour la dernière œuvre."

Le guide a levé très haut sa main gauche, tiède de la chaleur de mon corps.

La dernière œuvre était au bout d'une lande envahie par des eulalies. Le vent se renforçait petit à petit, qui faisait flotter le bandana, ondoyer les eulalies. Avait-il plu récemment, ou le drainage des eaux était-il insuffisant ? Le sol était boueux et des eulalies tombées s'entremêlaient, ce qui rendait la marche malaisée. Comme pour raconter le long trajet de la journée, mes chaussures et le bas de mon pantalon étaient déjà tout crottés.

Même de loin l'œuvre entrait tout de suite dans le champ de vision. Il s'agissait d'une cabane à outils au toit rouge, aux murs couverts à l'extérieur comme à l'intérieur du sol au plafond d'une multitude de petits miroirs elliptiques. A travers l'ouverture de la porte on voyait que le mur du fond avait été enlevé, que l'intérieur étant en continuité avec l'extérieur le contour de la cabane n'avait déjà plus d'existence, l'ensemble devenant une masse miroitante qui reflétait la lande couverte d'eulalies. Sur la lande il y avait une cabane et dans la cabane il y avait la lande.

De plus, les miroirs n'étaient pas simplement collés, mais fixés un à un avec des ressorts, si bien qu'ils réagissaient en oscillant au moindre souffle de vent et même à notre respiration. Si l'un commençait à vaciller, l'onde allait s'élargissant sans qu'il soit possible de l'arrêter, enveloppant la cabane, faisant trembler la lande.

Nous avons marché autour de la cabane. Chaque miroir était bien astiqué : pas un n'était souillé ni fêlé. Avec le vent la lumière commençait à se teinter des couleurs du soir, grâce à quoi la réverbération s'adoucissait : on pouvait les fixer autant qu'on le souhaitait, ils n'étaient pas éblouissants. Ici ou là sur les miroirs nos trois silhouettes apparaissaient puis disparaissaient. Le bout d'une jambe de Mlle Grue traversa un coin du plafond, les glands de l'écharpe de Mme Muffler effleurèrent le milieu du sol, mon profil se dissimula derrière la porte. A chaque coup de vent, l'extrémité de la jambe de la demoiselle, les glands de l'écharpe et mon profil, tous tremblaient d'effarement. Personne n'y échappait.

"Ah !"

Au moment d'un coup de vent plus fort, nous entendîmes la voix de Mme Muffler.

"Le gland…"

Un gland de son écharpe s'était coincé dans le ressort d'un miroir. Mme Muffler se reflétait au coin d'un mur extérieur, sous un encadrement de fenêtre, sur une poutre. Penchée, elle faisait le maximum pour le décrocher.

"Vous n'avez qu'à enlever votre écharpe", lui conseilla Mlle Grue.

A la vibration de sa voix, les miroirs se remirent tous à fourmiller et le gland s'enchevêtra d'une manière encore plus embrouillée.

"Votre écharpe, mais vous n'avez qu'à la laisser là. Il reste deux minutes trente secondes avant l'heure du départ."

Plus Mlle Grue parlait plus le vent faisait des tourbillons. Les cheveux en bataille, se mordant les lèvres, la dame poursuivait son combat avec acharnement. Les vibrations provoquées par Mlle Grue et celles de Mme Muffler s'entrechoquaient ici ou là dans la cabane, les ressorts des miroirs grinçaient et ces grincements ajoutés au bruit du vent l'enveloppaient tout entière.

"Il faut la jeter."

Le ton de voix de la demoiselle devenait menaçant.

"Jetez-la."

Mais elle aurait bien dû savoir que l'écharpe ne pouvait pas se séparer du cou.

Dans les miroirs la demoiselle et moi échangeons un regard et quittons la cabane à outils. La ligne de faîte ressort au soleil couchant, le vent se rafraîchit, les eulalies alentour ploient vers nous. Nous frayant un passage au travers, nous pataugeons en silence dans la boue. Nos mains se couvrent d'égratignures. Déjà nous avons beau nous redresser un maximum, nous ne voyons plus le toit rouge de la cabane.

Sur le parking de la même gare que le matin nous saluons le guide avant de le quitter. Comparé à celui du matin, notre groupe est devenu beaucoup plus compact.

"Merci de vos soins."

"Je vous remercie infiniment."

Nous le remercions poliment. Un sourire réservé flotte sur le visage du guide comme s'il voulait nous signifier que non, il n'a pas servi à grand-chose. Il n'a pas du tout l'air fatigué. C'est plutôt moi qui suis anéantie. A l'intérieur de ma chaussure un fil de nylon blanc, à moins qu'il ne s'agisse d'une tige d'eulalie, en tout cas quelque chose de long et fin est resté accroché.

"Vous pouvez revenir n'importe quand, dit le guide en nous regardant alternativement, moi et la demoiselle. Parce que ce festival se poursuit longtemps. En plus il y a tout un tas d'autres œuvres. Derrière la montagne là-bas, et aussi derrière celle-ci. Il y en a tout autant qu'on veut. Si vous le souhaitez je me ferai un plaisir de vous guider. Mais il faudra être à l'heure, hein."

Au guichet le guide nous salue de la main.

La demoiselle descend, moi je monte, si bien que nous nous séparons pour nous diriger vers nos quais respectifs. Nous attendons l'arrivée du train face à face, séparées par la voie ferrée. De loin, la demoiselle paraît encore plus élancée qu'une grue. Le train qui descend arrive le premier. Au moment d'y monter, il me semble qu'elle me fait signe, mais son corps trop maigre disparaît aussitôt parmi ceux des voyageurs. Après le départ du train, je suis restée seule.

(Manuscrit zéro)

Un jour d'août (vendredi)

Je vais voir ma mère. Dès que j'ouvre la porte de
sa chambre de malade, je me rends compte que
l'atmosphère est beaucoup plus lourde que d'habitude.

La lycéenne habituellement assise sur son lit où
elle ne fait que jouer à ses jeux vidéo, la grand-
mère qui dès qu'elle m'aperçoit prend l'air impatient
de celle qui voudrait bavarder à l'arrivée opportune
de quelqu'un venu pour la distraire, et la femme
d'âge mûr toujours absorbée dans sa broderie avec
sa boîte à couture à trois niveaux coulissants en
laque sculptée de Kamakura posée sur sa table
de nuit : les autres occupantes de la chambre
étaient pelotonnées, la tête disparaissant chacune
sous sa couverture. J'ai fait attention à ne pas faire
de bruit en tirant le rideau de séparation.

Ma mère comme les autres n'avait pas l'air en
forme. Ses paupières paraissaient gonflées, ses
lèvres fendillées, son regard brouillé. Comme elle
avait la tête posée sur un oreiller de glace, j'ai su
qu'elle avait de la fièvre. Elle devait ne pas avoir
suivi sa rééducation depuis quelque temps, car
ses chaussures de sport à semelle de caoutchouc
et fermeture velcro repoussées dans la pénombre
sous le lit étaient légèrement poussiéreuses.

Bientôt l'infirmière est entrée dans la chambre.
"Comment ça va ?

— Quand je me lève j'ai encore le vertige…

— Hier vous en avez peut-être trop fait ?

— Oui.

— Il paraît que vous avez vomi votre petit déjeuner ?

— Oui.

— Quel dommage."

Contrastant avec la vivacité du ton de l'infirmière qui lui parlait tout en manipulant l'appareil à tension, la voix de la lycéenne ne différait pratiquement pas d'un soupir.

Le mal de reins de la grand-mère s'était aggravé, la femme qui brodait souffrait paraît-il d'une hémorragie intestinale, à chacune on changeait une compresse ou on réglait la perfusion, mais finalement personne ne paraissait avoir suffisamment d'entrain pour produire un son. Dès le départ de l'infirmière le calme se réinstalla.

A ma mère j'ai raconté comment je suis allée à T pour le festival d'art contemporain. Je lui ai parlé du groupe et du guide, des œuvres uniques, du déjeuner délicieux. Avec mon passé de responsable des grandes lignes, je suis capable même dans ces conditions de parler avec précision. Il n'y a pas beaucoup de différence entre réfléchir aux grandes lignes d'un livre et exprimer sa propre expérience. Même s'il s'agit d'un roman écrit en dépit du bon sens, il y a toujours un plan inconscient de l'auteur, et les faits qui se sont produits à T, alors que presque tous étaient le fruit du hasard, furent en même temps le résultat auquel a conduit une intention délibérée. Dans ce cas, la personne chargée des grandes lignes n'a qu'à se contenter de déchiffrer et reconnaître ce plan et cette intention.

A partir du rassemblement sur le parking, depuis la disparition de l'étudiant à la première œuvre jusqu'à la fin lors de la séparation d'avec Mlle Grue, je ne m'embrouille ni me trompe une seule fois. Je n'oublie aucun épisode important, je ne reviens pas en arrière, je ne m'égare pas dans la description des personnages, je ne tousse pas et ma voix ne me trahit pas. Les mots débordent de ma bouche comme si je défaisais sans difficulté le ruban d'un paquet cadeau préparé à l'avance. La montre du guide, les cheveux du salarié, les mailles de l'écharpe ou les motifs des faux ongles revivent avec fraîcheur à travers ma voix, les arts contemporains se redressent et s'animent et les silhouettes se reflètent sur le rideau de séparation. Mais bien sûr, je ne m'arrête pas aux détails, je fais attention à ne pas perdre le flux de l'ensemble. Pour ma mère qui n'est jamais allée à T, j'utilise mes sensations les plus fines dans la description du paysage.

En regardant bien je m'aperçois que le rideau est très sale. Traces de doigts, d'onguents ou de liquides médicamenteux, à moins qu'il ne s'agisse de vomissements de sang, en tout cas, des salissures forment un semis de taches qui cernent ma mère.

Sans un clignement d'œil elle fixe un point et garde le silence, à peine interrompu de temps à autre par un ronronnement de glaires au fond de sa gorge. De plus, ce point isolé sans appui à mi-chemin du plafond est un peu décalé. Mais comme je suis habituée à raconter en m'adressant au silence cela ne m'ennuie pas du tout. Le professeur Z, les élèves du cours de grandes lignes et Mlle J gardaient le silence. La maîtresse du club de récitation ne se préoccupait pas de moi non plus et comme réaction aux grandes lignes des œuvres présentées aux prix des débutants il n'y avait que le bruit de l'agrafeuse les accrochant à la couverture.

En reprenant soudain mes esprits je ne sais plus si ce que je raconte maintenant je l'ai vraiment expérimenté ou si ce ne sont que les grandes lignes d'un roman que j'ai écrit. Il me semble maintenant que les gens qui se découpent sur ce rideau sale ne sont pas venus de l'extérieur, qu'ils sont un peu comme des ombres sorties de moi. Ai-je dessiné trait à trait sur dix ongles la métamorphose du yago ? Inquiète je regarde mes mains avant de jeter un coup d'œil à celles de ma mère sous la couverture. Mais il n'y a là que des ongles unis sans rien de particulier.

Je maîtrise ma voix, garde un volume adapté au silence de ma mère. Plus la surface du lac ondule doucement plus vont loin les anneaux concentriques du caillou qu'on y jette même s'il est petit. Le silence qui remplit le corps de ma mère a déjà plus d'existence que n'importe lequel de ses organes et je crois qu'il a une masse pratiquement équivalente à celle de son âme. Maintenant, si je soulevais ma mère, serait-ce le poids de ce silence qui se transmettrait à mes bras ? Ma voix avalée par le lac dérive entre deux eaux et les anneaux ont disparu depuis longtemps alors qu'elle est encore en train de tomber vers le fond à une profondeur infinie.

On peut chercher dans tout l'hôpital pas un patient n'est plus calme que ma mère. Qu'il soit gravement atteint, qu'après une hémorragie sa conscience soit embrumée ou qu'un lumbago l'empêche de bouger, personne ne peut rivaliser avec elle dans ce domaine. Les muscles de sa gorge qui ont durci retiennent son souffle, ses cordes vocales recroquevillées sont desséchées, sa langue toujours allongée au fond des ténèbres a déjà oublié comment remuer. Elle ne répond plus à personne, n'approuve pas, ne proteste pas. Elle ne parle pas non plus en dormant, n'appuie pas sur la sonnette pour appeler l'infirmière, ne bouge pas violemment en agitant les bras, ne s'aventure pas non plus ici ou là sans prévenir. Non seulement elle ne connaît pas la ville de T, mais elle ne connaît pas d'autre endroit que ceux de sa naissance et de son mariage, n'a jamais pris l'avion, et lorsque rarement elle venait chez moi elle restait sur la réserve. Dès l'ouverture de la porte d'entrée, elle avait l'air un peu ennuyé comme lorsqu'elle feuilletait craintivement un livre écrit par sa fille en se demandant comme d'habitude ce qu'il signifiait.

Je me demande quand j'ai échangé verbalement avec ma mère pour la dernière fois, je n'arrive pas à m'en souvenir et cela me laisse désemparée. A l'époque où, l'évolution de sa maladie devenant de plus en plus évidente, le jour de son hospitalisation approchait inexorablement, elle me téléphonait plusieurs fois dans la même journée, ce qui était exceptionnel chez elle.

"Je n'ai rien, de particulier, à te dire… bredouillait-elle comme si elle voulait s'excuser. J'ai seulement téléphoné, pour voir", ajoutait-elle sur un ton d'innocence feinte.

A cette époque-là, les mots commençaient peu à peu à sortir avec difficulté de sa bouche et comme elle les lâchait l'un après l'autre avec hésitation, l'image de sa voix à laquelle mes oreilles étaient habituées s'était déjà effacée.

"Hmm, ce n'est pas grave. Comment te sens-tu ? Ici tout va bien."

Ne sachant toujours pas si le silence se poursuivait longuement parce qu'elle n'avait rien de particulier à me dire ou si c'était à cause de sa maladie, je n'avais rien d'autre à lui répondre que ces mots sans signification.

"Alors tant mieux. Bah, ici aussi, tu vois, il n'y a pas de changement…"

Mes paumes collées l'une à l'autre pour former une coupe, je recueillais goutte à goutte les mots de ma mère. Allez, c'est bien, s'il vous plaît, continuez : c'est ainsi que je les encourageais. Bientôt, j'eus l'impression de recueillir les larmes de ma mère.

"Ne fais pas l'impossible, hein. Prends soin de toi, s'il te plaît.

— …

— Fais attention à ne pas tomber. Mange lentement. D'accord ? Répète.

— … Oui, d'accord.

— Tu n'as aucun souci à te faire pour moi, tu sais bien.

— Oui…"

A ce moment-là, elle s'était déjà préparée. A envoyer en éclaireur sa voix vers l'autre monde. Et pendant ce temps-là, sans me rendre compte de l'importance de la situation, j'étais uniquement obnubilée par la manière de composer avec ce silence. De plus, j'avais fini par oublier aussi ma dernière conversation avec ma mère.

Il y avait certainement eu une dernière fois. A ce moment-là, ma mère m'avait certainement envoyé un ultime son en pensant que maintenant qu'elle l'avait enfin lâché il ne restait plus rien, et je suis sûre qu'elle l'avait vu tomber et disparaître sur la paume de sa fille.

J'ai regardé mes paumes. Elles étaient vides, complètement desséchées.

Soudain j'ai tourné mon regard vers la clear case près du mur où étaient rangés du linge, des serviettes et quelques objets, et j'ai remarqué un livre dans le tiroir du haut. Je ne me rappelais pas qui l'avait apporté ni quand. Ma mère qui avait perdu la liberté de remuer les yeux n'était plus capable de lire. Il était posé, comme à demi enfoui, sur le plaid en angora soigneusement plié. Un livre que j'avais écrit.

"Je vous remercie infiniment pour cette si belle histoire."

Lorsque j'eus terminé le récit du festival des arts contemporains, j'entendis soudain une voix s'élever derrière le rideau. En regardant par l'interstice, je croisai le regard de la grand-mère, allongée sur son lit, la main posée sur le garde-corps.

"Excusez-moi, cela vous a dérangée ?

— Non. Je vous ai écoutée le cœur battant, en me demandant qui allait résister jusqu'au bout."

Comme pour mieux supporter la douleur de ses hanches, sa main serra plus fort la rambarde.

"Prenez soin de vous je vous prie", lui dis-je avant de tirer sur le rideau entrebâillé.

J'entendis des gémissements, un chariot passa bruyamment dans le couloir suivi d'une annonce : "Le kiosque ambulant est ouvert dans le hall de l'ascenseur. Il est au service de mesdames et messieurs les patients qui le souhaitent", et bientôt le calme revint.

J'ai sorti le coupe-ongle du clear case pour couper les ongles de ma mère. A partir du pouce vers l'auriculaire de la main gauche puis la main droite, du gros orteil vers le petit doigt du pied droit puis le gauche. Le coupe-ongle acheté un jour au kiosque ambulant, si petit qu'il se dissimulait au creux de ma paume, avait des pinces solides et coupait impitoyablement : il fallait faire attention.

Les doigts de ma mère étaient tordus et déformés mais si je les prenais ils se laissaient faire sans crainte. A l'instant où j'y appliquais la pince, l'ongle se séparait brusquement du doigt de ma mère et tombait. Sans aucune hésitation, comme sa voix partie la première vers l'autre monde.

Les ongles qui n'avaient pas beaucoup poussé étaient minuscules. Au point que je me demandais avec inquiétude si leur forme était humaine. Je me disais que sur de tels ongles un yago aurait bien été incapable de procéder à sa métamorphose.

A chaque claquement sec du coupe-ongle j'avais peur d'avoir tranché en même temps l'extrémité du doigt. Comme les ongles, les doigts n'avaient déjà plus la moindre volonté d'opposition. Si cela s'était réellement passé, certainement que le bout du doigt serait tombé et aurait roulé sur le drap sans un cri, sans une quelconque sensation sur ma main, seule une infime quantité de sang aurait jailli sur le rideau. J'ai jeté un coup d'œil au rideau et caressé le drap avant de passer au doigt suivant.

Dans la chambre ne se répercutait que le bruit du coupe-ongle. J'ai compris que les trois autres occupantes tendaient l'oreille sans broncher. J'ai fini par arriver au petit doigt du pied gauche arrondi et dur comme du bois, un semblant d'ongle tel le calice d'un fruit simplement accroché au bout. Ce doigt minuscule, ainsi relégué à une extrémité du corps pendant plusieurs dizaines d'années, quel rôle avait-il joué ? J'étais incapable de me le figurer. A la fin, à l'instant où je coupais le tout dernier ongle, j'entendis la grand-mère pousser un soupir de soulagement.

J'ai rassemblé les rognures à l'intérieur d'un mouchoir en papier que j'ai glissé dans ma poche.

Avant de quitter l'hôpital, j'ai emprunté la passerelle du cinquième étage pour me rendre dans un autre bâtiment, à la salle des nouveau-nés de l'aile de la maternité. En sortant de l'ascenseur on tourne à gauche, on passe devant la salle de réunion et un peu plus loin se trouve celle des nouveau-nés. J'y suis déjà venue tant de fois que j'en connais le chemin par cœur. Ici seulement, contrairement aux autres services, la couleur des murs est bleu clair, avec par endroits des dessins d'arc-en-ciel, de fleurs ou d'oiseaux.

De l'autre côté d'une grande vitre les bébés étaient alignés sur deux rangs. Couchés dans des petits lits transparents en forme de baignoire, en layette blanche croisée sur le devant, un bracelet d'identification à la cheville, bleu pour les garçons, rose pour les filles. Sur la paroi intérieure du lit une carte avec le nom de la mère, le poids et la taille à la naissance, mais étant myope je n'arrivais pas bien à lire.

J'étais debout devant la vitre. Craignant que mes microbes ne la traverse, je faisais en sorte de respirer le moins possible.

Avec toutes les allées et venues qu'il y a habituellement dans ce genre d'endroit, des gens comme moi n'avaient pas à craindre d'être repérés. Jeune père maniant avec passion sa caméra vidéo, couple tout excité désignant ses petits-enfants, mère en robe de chambre guidant avec fierté le long du couloir sa famille venue la voir, petits garçons et petites filles cherchant leurs frères et sœurs. Toutes sortes de personnes faisaient leur apparition. Et tout comme moi il y avait aussi des pilleurs de salles de nouveau-nés.

Je nous appelle pilleurs par commodité mais bien sûr les pilleurs de salles de nouveau-nés n'ont aucun lien avec l'avidité de ceux qui dévorent les nourritures dans un cocktail ni l'audace de ceux qui, participant aux compétitions des fêtes sportives, perturbent le programme. Nous ne touchons jamais aux bébés. Nous ne nous approchons pas des zones réservées aux parents, comme par exemple la salle des tétées ou celle des couveuses, et nous ne nous faisons pas passer pour des mères à coups de boniment pour qu'on nous laisse prendre des bébés dans les bras. Nous nous contentons de rester debout derrière la vitre à les contempler.

Puisque les enfants en bonne santé quittaient la maternité au bout d'à peine une semaine, lorsque je m'y rendais j'aurais dû avoir affaire à des bébés toujours différents, mais chaque fois l'atmosphère restait inchangée : et je les retrouvais avec nostalgie tant j'avais l'impression que l'un ou l'autre ressemblait à un troisième vu la fois d'avant. Tous semblaient liés par un contour fait d'une suite de bébés. Et pourtant chacun était merveilleusement différent. D'abord la grosseur. Si certains pouvaient s'enorgueillir d'une chair remarquable qui leur aurait permis de participer dès le lendemain au sumô des pleurs d'enfants, d'autres faisaient penser à des agrions sortant tout juste de leur métamorphose. Des enfants profondément endormis au point qu'on avait instinctivement envie de leur pincer la joue, des enfants qui ne cessaient de pleurer, des enfants pensifs aux yeux écarquillés, passant le temps chacun à sa façon. J'en voyais aussi, cela avait-il une signification ou était-ce simplement le souhait des parents ? avec un bonnet de laine ou des moufles. La manière dont poussaient les cheveux, la couleur des lèvres, la forme de leurs poings serrés... pas un n'était pareil.

Au premier rang le troisième bébé à partir de la gauche, alors qu'il ne pleurait pas agitait ses jambes avec ardeur. Son corps était petit mais il avait sans doute de l'énergie à revendre, car bientôt ayant glissé vers le haut il se retrouva la tête collée au rebord du berceau. On voyait poindre ses plantes de pied hors de sa layette qui les découvrait. Le bracelet était bleu. Autour des rides souples et douces de la cheville, il se déplaçait progressivement à chaque mouvement de jambe. A cause des dix doigts étroitement serrés l'un contre l'autre, sur la plante des pieds plusieurs rides en provenance des chevilles se rapprochaient lui donnant l'air inquiet d'une créature solitaire.

A ce moment-là j'ai remarqué les ongles. Malgré les pieds encore humides du liquide amniotique, ils poussaient naturellement. Aussi petits que ceux de ma mère.

Derrière l'alignement des bébés se trouvait le centre vital où j'apercevais des silhouettes de médecins et d'infirmières. Ils n'avaient pas de temps à perdre à se demander ce que faisait cette femme debout derrière la vitre, tous s'affairaient, travaillant debout. Dans les fêtes sportives, au sumô des pleurs d'enfants et dans la salle des nouveau-nés, une petite cavité était réservée aux gens comme moi. Je ne savais pas qui l'avait préparée, mais il y avait toujours un endroit où il suffisait de se dissimuler pour être toléré. Dans un coin qui ne dérangeait pas les personnes concernées était dissimulée une entrée que l'on ne remarquait pas. La poignée de la porte ne tournait que pour ceux qui avaient besoin de cet endroit.

Une femme bien plus jeune que moi se tenait debout en plein milieu de la vitre, plutôt forte, aux hanches solides. Ses longs cheveux raides rassemblés pendaient sur son dos, et sans se rendre compte que la lanière de son sac glissait de son épaule, elle continuait à fixer avec passion les berceaux derrière la vitre. Je sus aussitôt qu'il s'agissait d'une compagne avec qui je partageais la cavité. Elle pleurait. Faisant semblant d'essuyer sa transpiration elle appliquait de temps à autre son mouchoir sur sa bouche mais les sanglots qu'elle laissait échapper me parvenaient faiblement. Etait-ce pour éviter de montrer son visage en pleurs ? Elle avait posé son front sur la vitre.

Ce n'est pas grave que vous pleuriez, lui ai-je dit avec mon cœur. Pleurer n'est pas du tout contraire à notre loi. Parce que cela ne dérange ni les bébés ni personne d'autre. Ne vous gênez pas, pleurez autant que vous voulez.

Et pendant ce temps-là, les bébés se comportaient librement. Ils s'étiraient, agitaient les jambes, pointaient les lèvres à la recherche d'un mamelon, serraient leurs petits poings, rotaient, dormaient. Où était celui que j'avais fait tomber dans le puits au figuier ? Où était la petite fille morte à huit ans dont le visage me ressemblait comme deux gouttes d'eau ? Où était celui que j'avais failli serrer sur mon cœur lors du sumô des pleurs d'enfants ? Ils auraient dû se trouver là.

Bientôt l'heure de la tétée approchant, les mères commencèrent à arriver de leur chambre et l'endroit se mit soudain à murmurer. Elles portaient toutes un négligé s'ouvrant sur le devant, avaient à la main une serviette immaculée, du coton non traité, et marchaient en bavardant joyeusement.

Les enfants un par un leur étaient confiés. Aucune ne s'inquiétait de savoir si elle ne serait pas la seule à ne pas en recevoir ou si celui qu'elle devait prendre dans ses bras n'existait plus. Elles bombaient toutes la poitrine comme si elles jouaient cartes sur table en proclamant qu'il s'agissait de leur bébé. Et pourtant j'avais encore des regrets en les suivant des yeux : celui-ci pour elle, celui-là pour elle…

Lorsque je repris mes esprits, la jeune femme aux cheveux longs était déjà repartie. Seule restait la trace graisseuse de son front sur la vitre.

De retour à la maison, je brûle les ongles de ma mère. Je les place dans une capsule de bouteille de coca, y mets le feu avec une allumette. S'en-flamment d'abord les endroits peu épais des deux extrémités qui ont été coupées et cela s'étend peu à peu. Dans un bruit chuintant plutôt vif, il s'en élève un filet de fumée. Les ongles en forme de quartier de lune se tordent et tout en noircissant, celui du majeur de la main droite, de l'annulaire de la main gauche, celui du gros orteil du pied droit, du petit doigt de pied gauche, tous s'enrou-lent l'un autour de l'autre et se rapprochent de la cavité au bord de la capsule. La fumée est tout droit absorbée par un point aux lointains des ténèbres. Ça sent l'homme qui brûle.

(Manuscrit zéro)

Un jour d'août (mardi)

N'arrivant pas à dormir, je passe ma nuit à copier l'encyclopédie. *Poissons pélagiques. Les monstres des quartiers louches.* Par Kunio Amaoka. Editions Bookman. Deuxième chapitre, 4 : "Nourriture".

"Les Chiasmodontidae, comme l'indique leur nom anglais : *deepsea swallowers*, en véritables gloutons des mers abyssales sont capables d'avaler des poissons plus gros qu'eux. Ils n'ont pas de lames branchiales pour filtrer les petites proies. On peut voir à travers les muscles tendus du ventre gonflé, l'estomac qui contient les gros poissons et la nourriture…" (P. 83, fig. 41.)

J'aime le style des encyclopédies. Désintéressé et simple, décrivant une réalité extraordinaire comme si de rien n'était. Trop grandes et trop lourdes, dans les bibliothèques comme dans les librairies on les retrouve tout en bas des rayonnages, repoussées dans des endroits que l'on ne remarque pas, et cette preuve de modestie leur confère un attrait supplémentaire. Tout en utilisant des petits mots charmants comme glouton, tout à coup elles font apparaître des expressions plus recherchées mais jamais factices telles que "lame branchiale" et c'est merveilleux parce que les phrases sont parfaitement maîtrisées. *Chiasmodon niger.* Dans les encyclopédies, même les noms aux consonnes sonores dont la résonance est loin d'être belle sont mis en scène comme des stars.

Je regarde la figure 41. Le *Chiasmodon niger* sans aucune justification autre que son corps montre laconiquement qu'il est capable d'avaler des poissons plus gros que lui. Sous le menton, le ventre encore plus proéminent que la bouche, dilaté jusqu'à faire plusieurs fois la taille de son corps, le contour originel remplacé par celui des poissons engloutis, on ne sait déjà plus vraiment qui avale et qui est avalé. Ainsi que le mentionne la légende, on voit les poissons en transparence à travers les muscles du ventre étirés à la limite du déchirement, aussi fins qu'un voile. Ne s'étant pas encore aperçus qu'ils étaient déjà morts, l'œil noir ils observent de l'intérieur les fonds marins.

Mais dans l'encyclopédie ne sont pas uniquement répertoriées des espèces aussi spectaculaires. Sont également assurées d'y figurer en bonne place des espèces plus sobres qui n'ont pas autant de personnalité.

"*Careproctus rotudifrons*, liparidae : corps allongé, allant en rétrécissant vers la queue. Gélatineux. Grosse tête ronde. Bouche placée sur le bord antérieur de la tête, ouverte jusqu'à la bordure inférieure des yeux. Plusieurs rangées de petites dents coniques aux deux mâchoires. [...] Juste après la ventouse s'ouvre l'anus puis la protubérance de l'appareil urinaire et reproducteur. Le corps se déroule sans à-coups, il n'y a pas de matière osseuse. Ils vivent à une profondeur allant de 521 à 1 100 m..."

Comparé au *Chiasmodon niger* ayant avalé des proies, la silhouette du *Careproctus rotudifrons* est beaucoup plus sèche. On ne trouve ni ornement soulignant les yeux ni motif, leur corps a une forme oblongue un peu dérangeante, comparable à une ellipse qu'un enfant aurait essayé de tracer sans succès. Alors que l'anus ou l'appareil urinaire et reproducteur sont apparents, ils sont là à trembloter mollement sans aucune tension.

Au paragraphe 7 "Reproduction", les *Lophiomus setigerus* commencent brusquement à s'activer.

"… Chez les *Himantolophus groenlandicus* (sous-genre) le mâle très petit vit en parasite sur la grosse femelle à laquelle il s'accroche (p. 134, fig. 59). On distingue trois formes de parasitisme (p. 133, tableau 1). Forme primaire d'attachement. […] A la période de reproduction avec les dents de ses deux mâchoires il s'accroche fermement au corps de la femelle mais ne vit pas en symbiose avec son système […] forme facultative de parasitisme […] qu'il parasite ou ne parasite pas il vit. Mais quand il parasite il s'intègre complètement au corps de la femelle. Forme véritable de parasitisme […] il ne peut pas vivre sans parasiter la femelle…"

Je suis attirée par le mâle parasite *Scapanorhynchus owstoni* qui s'accroche à la femelle *Himantolophus groenlandicus*. Il a perdu sa forme d'origine pour prendre celle d'un doigtier. Des flèches mentionnent sommairement les yeux, la fente operculaire, la nageoire pectorale, mais tout cela est minuscule : c'est à peine si l'on voit pointer un reste de nageoire dorsale qui témoigne qu'aux jours lointains il s'agissait d'un poisson.

Je me demande ce que l'on ressent à se perdre petit à petit soi-même au fond des mers, là où la lumière du jour ne parvient pas. Si la nageoire caudale se met à fondre avec le liquide digestif, ou si la tête dégénère avalée par les flots, est-on désespéré quand on comprend que l'on ne pourra jamais revenir à ce que l'on a été ? Ou le cœur est-il aussi calme qu'au plus profond des mers ? J'espère qu'au moins on ne souffre pas. Une vague sensation de chaleur aux alentours de l'anus, de gêne à la tête, et tout se déroule sans tarder. C'est ce que j'espère au moment où je m'endors.

(Manuscrit zéro)

TABLE

DU MÊME AUTEUR AUX ÉDITIONS ACTES SUD

LA PISCINE, 1995.

LES ABEILLES, 1995.

LA GROSSESSE (prix Akutagawa), 1997.

LA PISCINE / LES ABEILLES / LA GROSSESSE, Babel n° 351.

LE RÉFECTOIRE UN SOIR ET UNE PISCINE SOUS LA PLUIE suivi de *UN THÉ QUI NE REFROIDIT PAS*, 1998 ; Babel n° 833.

L'ANNULAIRE, 1999 ; Babel n° 442.

HÔTEL IRIS, 2000 ; Babel n° 531.

PARFUM DE GLACE, 2002 ; Babel n° 643.

UNE PARFAITE CHAMBRE DE MALADE suivi de *LA DÉSAGRÉGATION DU PAPILLON*, 2003 ; Babel n° 704.

LE MUSÉE DU SILENCE, 2003 ; Babel n° 680.

LA PETITE PIÈCE HEXAGONALE, 2004 ; Babel n° 800.

TRISTES REVANCHES, 2004 ; Babel n° 919.

AMOURS EN MARGE, 2005 ; Babel n° 946.

LA FORMULE PRÉFÉRÉE DU PROFESSEUR, 2005 ; Babel n° 860.

LA BÉNÉDICTION INATTENDUE, 2007 ; Babel n° 1100.

LES PAUPIÈRES, 2007 ; Babel n° 982.

LA MARCHE DE MINA, 2008 ; Babel n° 1044.

LA MER, 2009 ; Babel n° 1215.

ŒUVRES, tome I, coll. "Thesaurus", 2009.

CRISTALLISATION SECRÈTE, 2009 ; Babel n° 1165.

LES TENDRES PLAINTES, 2010 ; Babel n° 1268.

MANUSCRIT ZÉRO, 2011 ; Babel n° 1570.

LES LECTURES DES OTAGES, 2012.

LE PETIT JOUEUR D'ÉCHECS, 2013 ; Babel n° 1340.

PETITS OISEAUX, 2014 ; Babel n° 1507.

ŒUVRES, tome II, coll. "Thesaurus", 2014.

JEUNE FILLE À L'OUVRAGE, 2016.

INSTANTANÉS D'AMBRE, 2018.

OUVRAGE RÉALISÉ
PAR L'ATELIER GRAPHIQUE ACTES SUD
ACHEVÉ D'IMPRIMER
EN AOÛT 2018
PAR NORMANDIE ROTO IMPRESSION S.A.S.
À LONRAI
POUR LE COMPTE DES ÉDITIONS
ACTES SUD
LE MÉJAN
PLACE NINA-BERBEROVA
13200 ARLES

DÉPÔT LÉGAL
1re ÉDITION : SEPTEMBRE 2018
N° impr. : 1802124
(Imprimé en France)